어서 오세요,
고양이 식당에

어서 오세요, 고양이 식당에

이용한 글·사진

문학동네

작가의 말

고양이 세계에 발을 들여놓은 지 올해로 15년째다. 그중 13년을 시골에서 촌스러운 캣대디로 살았다. 이 책은 도심에서 시골로 이사를 오면서 테라스에 처음 문을 연 고양이 식당 1호점을 중심으로 사료를 후원하면서 생겨난 2호점과 3호점에 대한 13년간(2009~2021)의 기록이다. 고양이 급식소에 무슨 가맹점이 있는 것도 아니고 그냥 편의상 1~3호점으로 구분한 것이니 오해 없기 바란다.

시골에서 1호점을 개업하고 처음 몇 년간은 고양이를 싫어하는 이웃들과 끊임없는 마찰이 있었다. 텃밭을 파헤친다는 이유로 쥐약을 놓아 여러 마리 고양이가 희생당하기도 했다. 2호점에서는 이웃의 협박으로 결국 고양이를 이주 방사까지 해야만 했다. 3호점에서도 이웃이 풀어놓은 사냥개로 인해 여러 고양이가 무지개다리를 건넜다. 어쩔 수 없는 시골의 현실 앞에서 울음을 삼킬 때가 한두 번이 아니었지만, 그때마다 아랑곳없이 옆에서 냥냥거리던 고양이들이 있어 여기까지 올 수 있었다.

한 가지 다행인 점은 고양이를 적대시하는 이웃에게도 조금

씩 긍정적인 변화가 일어났다는 것이다. 텃밭에 쥐약을 놓는 대신 그물을 둘러치고, 급식소를 비난하는 대신 침묵을 지키는 것으로 고양이와 공존하는 방법을 모색하기 시작한 것이다. 동네에서 내가 고양이에 '미친 놈'으로 찍힌 지 5~6년 만에 찾아온 작은 변화였다.

사실 고양이를 기록하는 일은 용기보다 끈기가 필요한 작업이다. 기술보다 애정이 필요한 작업이다. 좋은 고양이 사진은 고양이에 대한 소통과 교감에서 오는 것이라고 나는 믿는다. 고양이의 허락 없이는 고양이 사진도 찍을 수 없으므로 무엇보다 고양이의 이해를 구하는 게 중요하다. 무턱대고 사진을 찍는 것보다 때로 아무것도 하지 않고 그냥 고양이 옆에 앉아 있는 것만으로도 충분할 때가 있다. 서로가 신뢰하는 관계라면 고양이의 행동과 표정에서도 자연스러움과 평화로움이 느껴지는 법. 나머지는 그냥 운에 맡기자.

본문에 등장하는 바람이와 달타냥을 비롯한 몇몇 고양이는 과거 고양이 책에서도 소개한 적이 있지만, 처음 고양이 식당을 지킨 주역들이라 그들의 묘생을 누락시킬 수가 없었다. 사실 13년간 수많은 나그네 고양이들이 문턱이 닳도록 식당을 드나들었다. 책에 소개한 고양이들은 그중에 사진으로 기록할 수 있었던 비교적 우호적인 단골손님이라 할 수 있다. 이웃의 눈총과 협박 속에서 내가 이제껏 고양이 식당을 지켜올 수 있었던 것도 다 그들이 있었기 때문이다.

최근에 나는 13년간 머물던 영역을 떠나 새로운 곳으로 이사를 했다. 역시나 시골이다. 이사하면서 1호점 마지막 단골이자 마당고양이에 가까운 생활을 하던 두 마리 고양이도 함께 이주했다. 이제 고양이도 나도 새로운 영역에서 새로운 삶에 적응하는 일만 남았다. 본진만 바뀌었을 뿐, 2~3호점에 대한 사료 후원은 계속될 것이다. 어느 곳이든 고양이의 삶은 계속될 것이므로 계속해서 나는 고양이와 함께할 것이다. 다만 각자의 영역에서 고양이도 나도 무해한 날들이 되기를 바랄 뿐이다.

2021년 고양이 식당에서

이용한

차례

작가의 말 4

1부
바람처럼 오가는
나그네 손님들

○

2부
마당과 마음을 접수해버린
또랑이네 아이들

○

3부
시간은 고양이가
걷는 속도로 흘러간다

○

4부
길고양이들아,
죽을 때까지는 죽지 말아라

○

1부

○

바람처럼 오가는
나그네 손님들

영업개시, 첫 손님

결혼을 하고 아내는 '우리 시골 가서 살자'며 뜻밖
의 제안을 했다. 시골 출신인 나조차 선뜻 대답할 수
가 없었는데, 아내는 벌써 이사갈 곳의 집을 물색하
며 대출까지 알아보고 있었다. 그렇게 결혼1년 반 만
(2009년)에 우리는 도심을 떠나 시골로 왔다. 시골에
이삿짐을 풀고 내가 가장 먼저 한 일은 마당에 고양
이를 위한 밥그릇을 놓아둔 것이다. 그저 길 가던 나
그네 고양이 아무나 먹고 가라고.

　그런데 첫날부터 그릇이 깨끗하게 비워져 있었다.
다음날에도, 그다음날에도. "혹시 너구리나 산짐승이
와서 먹는 게 아닐까?" 아내는 내가 엉뚱한 녀석의 배
를 불리는 게 아니냐고 의심의 눈초리를 보냈다. 그
렇게 먹이를 준 지 달포쯤 지났을까. 저녁 무렵이었
는데, 밥그릇 앞에서 무언가 날렵한 그림자가 휙~ 하
고 도망치는 게 보였다. 시골에서 만난 첫 고양이와
의 인연은 그렇게 시작되었다. 바람이. 바람처럼 왔
다가 바람처럼 사라졌으므로 나는 녀석을 바람이라

1호점 영업개시.

"나 올라가도 되냐옹? 안 된다고 안 올라갈 건 아니지만."

고 불렀다. 이후 녀석은 종종 한낮에도 발도장을 찍었는데, 내가 알은체라도 할 양이면 어김없이 하악질을 하며 줄행랑을 쳤다. 내가 만난 고양이 중에 가장 무뚝뚝하고 까칠한 고양이를 꼽으라면 단연 이 녀석일 것이다. '나쁜 남자' 스타일에다 압도적인 얼굴 크기, 위압적인 카리스마, 한눈에 대장고양이임을 직감할 수 있는 외모.

무려 3개월 넘게 밥을 주고도 눈 한번 맞춰보지 못한 녀석이 바람이었다. 그런 녀석이 테라스로 올라오기 시작한 건 뜻밖에도 폭염 때문이었다. 녀석은 따가운 여름햇살을 피해 테라스 그늘에서 낮잠을 자곤 했다. 이제껏 한 치의 흐트러짐도 없이

냉정하게 경계심을 풀지 않던 녀석도 더위 앞에서는 어쩔 수가 없었던 모양이다. 그렇게 조금씩 녀석은 무장을 해제했고, 나로부터 밥이 나온다는 사실을 현실로 받아들였다.

그러던 어느 날이었다. 고양이 밥을 주려고 거실문을 열고 나서는데, 테라스 위에 박새 한 마리가 놓여 있었다. 새 가슴에 고양이 이빨 자국이 나 있는 것으로 보아 바람이가 물어다놓은 것이 분명했다. 비쩍 말라서 사냥도 못하게 생긴 캣대디에게 선물을 가져다주는 마음은 고맙지만, 한편으로 심란했다. 사실 녀석에게 내가 밥을 주는 이유 중 하나는 사냥의 수고를 덜고 이곳에서 편히 배를 채우라는 거였다. 고양이에게는 사냥이 생존의 본능이겠지만, 사람이 고양이 밥을 주게 되면 그런 사냥의 본능을 최소화시킬 수 있는 게 사실이다.

나는 바람이가 없는 틈을 타 온기가 다한 새를 마당 옆 산비탈에 고이 묻어주었다. 뒤늦게 밥 먹으러 온 바람이에게도 새 사냥을 하지 말라고 엄중한 경고를 내렸다. 물론 녀석이 알아들을 리야 없겠지만. 한 달 정도가 지나 녀석이 또 새 선물을 가져왔다. 이 녀석이 또 만행을. 이번에도 나는 새를 양지바른 산비탈에 묻어주었다. 다시 한번 나는 바람이에게 부탁했다. "새 사냥은 안 돼! 알았지?" 하지만 녀석은 한 달도 안 돼 또 밥자리에 새를 던져놓고 갔다. 그런데 이번에는 뭔가 달라 보였다. 새를 묻어주려 내가 손을 내밀자 새는 고개를

털며 비틀비틀 일어섰다. 살아 있는 박새를 잠시 기절시켜 가져온 것이다. 두 번에 걸쳐 가져온 선물을 내가 땅에 묻어버리자 녀석은 이렇게 생각했을지도 모른다. '저 인간, 죽은 새는 별로 안 좋아하나봐!' 뒤늦게 정신을 차린 박새는 날개를 털며 포

바람이가 밥 주는 인간을 위해 가져온 새 선물.

룽포룽 소나무 위로 날아갔다.

　사실 바람이는 이 구역의 대장고양이로 성군보다는 폭군에
가까웠다. 다른 고양이가 자신의 밥자리를 넘보는 것에 대해

줌쌀만큼의 인정도 베풀지 않았다. 반면에 녀석은 다른 고양이의 영역을 자유자재로 드나들었다. 나를 식당 주인으로 인정하면서도 녀석은 1년이 넘도록 언제나 일정한 거리를 유지하며 선을 넘지 않았다. 당연히 녀석을 만져보기는커녕 발라당조차 구경할 수 없었다. 딱 한 번 녀석을 쓰다듬어보았는데, 그게 처음이자 마지막 스킨십이었다.

  녀석을 만난 지 1년 3개월쯤 되는 어느 날이었다. 2~3일 보이지 않던 바람이가 눈물 콧물이 범벅된 얼굴과 곧 쓰러질 듯한 걸음걸이로 나타났다. 한눈에 봐도 심각한 상황이었다. 서둘러 포획틀을 설치하고 구조에 나섰다. 다행히 구조에는 어려움이 없었으나, 동물병원에서 검사를 진행한 수의사는 고개를 가로저었다. 희귀병이라 할 수 있는 기생충 감염으로 위독한 상태라는 거였다. 이미 녀석은 신경이 마비되어 뒷다리마저 쓸 수 없는 지경이고, 곧 얼굴까지 마비가 진행될

대장고양이 바람이의 필살기는 바로 윙크.

거라고 했다. 하지만 희망의 끈을 놓고 싶지 않았던 나는 입원을 결정했고, 열흘 넘게 바람이는 병원에서 사투를 벌였다.

기적이 일어나길 빌었지만, 끝내 기적은 일어나지 않았다. 결국 녀석을 만난 지 1년 3개월 하고 보름여 만에 녀석은 조용히 고양이별로 떠났다. 녀석이 떠나기 몇 시간 전 처음이자 마

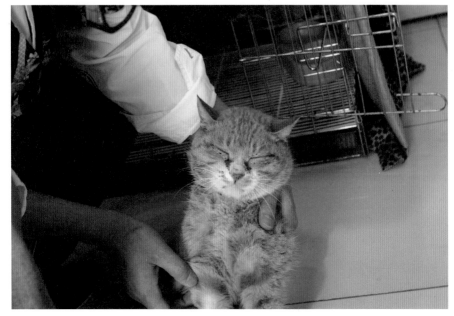

"이 광활한 우주에서 좁쌀 같은 인연으로 너와 내가 만난 것만으로 기적이었어."

지막으로 나는 녀석을 안아보았다. 우리집으로 걸어오던 풍채 좋은 대장고양이는 뼈만 앙상하게 남은 왜소한 체구의 고양이가 되어 있었다.

"이 광활한 우주에서 좁쌀 같은 인연으로 너와 내가 만난 것만으로 기적이었어."

너는 간신히 눈을 떠 처음으로 나와 눈을 맞추었다.

아내의 아이돌, 달타냥

맹꽁이가 울고 반딧불이가 날아다니는 밤이었다. 아내와 산책을 나서는데, 파란대문집에 이르러 황급히 담을 타넘는 고양이가 보였다. 달밤이지만 꽤 우아한 몸짓이었다. 녀석을 다시 만난 건 바로 다음날 오후였다. 마을회관 공터에 쓰레기를 버리러 갔다가 회관 앞 자동차 그늘에 앉아 있는 녀석을 만났다. 온몸이 크림색에 얼굴도 잘생긴 귀공자 스타일의 고양이였다. 아무리 봐도 녀석은 이런 거름 냄새 나는 시골에서 거칠게 자란 고양이 같지가 않았다.

한동안 넋을 놓고 녀석을 바라보고 있는데, 회관 문이 열리며 파란대문집 할머니가 내려오셨다. 동시에 차 앞에 앉아 있던 고양이가 강아지처럼 할머니에게 달려가더니 볼을 한번 비비고는 앞서거니 뒤서거니 하면서 할머니를 수행했다. 마치 자신이 보디가드라도 되는 양 녀석은 흘끔흘끔 주위를 살피면서 할머니 걸음에 보조를 맞추었다. 파란대문집에 이르러서야 녀석은 경계를 풀고 할머니를 집안으로 안내했다.

파란대문집 독거노인의 든든한 보디가드 고양이. 며칠 지켜보니 녀석은 할머니가 회관에 갈 때도 앞장서 할머니를 수행했고, 돌아올 때도 어김없이 할머니 곁을 지켰다. "할머니 저 녀석 이름이 뭐예요?" "아이구, 괭이가 이름이 어딨어유." 할머니는 이름도 없이 녀석을 1년 정도 키웠다고 한다. 비록 할머니에겐 무명씨 고양이지만, 나는 녀석을 '달타냥'이라 부르기로 했다. 소설 『삼총사』에 나오는 달타냥과는 아무런 연관도 없이 즉흥적으로 붙인 이름이다.

녀석을 알고 난 후부터 우리 부부는 파란대문집을 지날 때마다 달타냥에게 간식이며 사료를 한 움큼씩 나눠주었다. 특히 아내는 달타냥만 보면 '아이돌'이라도 만난 듯 끼약, 소리를 지르며 달려가곤 했다. 달타냥도 싫지 않은 듯 아내 앞에서는 꼬리를 곧추세우거나 발라당을 선보였다. 나중에는 녀석이 오히려 온갖 고양이 언어를 동원해 길 가던 우리의 발걸음을 멈춰세웠다. "이거 말

할머니와 고양이가 집으로 돌아가는 어느 저녁의 풍경.

할머니에겐 무명씨 고양이지만, 우리에겐 아이돌이었던 달타냥.

고 딴 거 없어? 나 국물 없이는 밥 못 먹는 거 알잖아!" 까다로운 녀석의 기호를 맞추기 위해 나는 자주 주머니에 두 가지 이상의 간식을 넣어가곤 했다.

사실 달타냥이 사는 파란대문집과 우리집의 거리는 100미터가 채 되지 않았다. 하지만 녀석은 식당 출입은커녕 마을회관을 경계로 절대 선을 넘지 않았다. 배달음식만으로 만족했다기보다는 식당의 단골손님이자 대장인 바람이의 심기를 건드리지 않으려는 의도가 있는 것 같았다. 녀석에겐 마을회관이 가상의 경계선쯤 되는 모양이었다. 실제로 녀석이 '구름이네 고양이 식당'(당시 고양이 커뮤니티에서 '구름'이란 닉네임을 사용했기 때문에 붙여진 이름)을 정식으로 출입하기 시작한 건 바람이가 고양이별로 떠난 뒤부터였다. 녀석은 딱히 이 구역의 대장고양이가 될 생각도 없어 보였고, 늘 여친 고양이(갈색 얼룩이)를 데려오거나 자신의 피가 흐르는 아깽이들과 동행했다.

식당에 낯선 손님이 먼저 와서 밥을 먹고 있으면 녀석은 언제나 저만치 거리를 두고 기다렸다. 밥을 먹고 난 뒤에는 잠시의 망설임도 없이 할머니가 기다리고 있을 파란대문집으로 돌아갔다. 녀석의 행동은 종종 고양이보다는 개에 가까웠다. 특히 할머니를 따르는 마음이 기특했다. 어느 추운 겨울날, 녀석은 눈발이 들이치는 대문 앞에 기다림의 자세로 앉아 있었다. 장에 가신 할머니를 기다리는 게 분명해 보였는데, 거세지는 눈발을 걱정스러운 눈으로 바라보고 있었다. 이윽고 할머니가 다릿목을 지나 고샅으로 들어서자 녀석은 버선발로 총총 달려나가 할머니를 마중했다. 눈은 펑펑 쏟아지는데, 할머니와 고양이가 사륵사륵 쌓인 눈을 밟으며 집으로 돌아오는 풍경은 마치 애니메이션 〈고양이의 보은〉에 나오는 한 장면 같았다. 아, 카메라를 가지고 나올걸. 주머니에 간식만 챙겨온 것이 후회되는 순간이었다.

이듬해 봄. 달타냥의 식당 출입은 부쩍 줄어들었다. 그 무렵 이 구역의 새로운 대장은 '조로'라 이름 붙인 턱시도 고양이였

눈이 내리는 날에도 달타냥은 대문까지 나와 장에 가신 할머니를 기다린다.

는데, 아무래도 대장의 눈치를 보는 듯했다. 너무 뜸하다 싶으
면 내가 직접 배달에 나섰다. 그런데 어느 날부턴가 파란대문
집에 있어야 할 달타냥이 보이지 않았다. 한 사흘 녀석이 보이
지 않아 파란대문집 할머니에게 달타냥의 안부를 물으니 할머
니가 한동안 하늘만 쳐다보며 말을 잇지 못했다. "죽었어유."
순간 잘못 들은 줄 알았다. "저쪽 할머니가 텃밭 파헤친다고 괭
이 좀 묶어놓으라고. 그래 잠시 묶어놓고 밭에 갔다 와보니 축
늘어져 있드라구유."

이웃에게 피해를 줄 수 없어 할머니가 달타냥에게 목줄을 묶어 놓았는데, 하필 그 줄이 올무처럼 묶여서 고양이가 빠져나가려고 할 때마다 더 단단하게 목을 졸랐던 모양이다. "저 안에 있던 애가 여기 담벼락까지 기어와서 죽었더라구유." 할머니는 연신 한 손으로 눈물을 훔쳤다. 달타냥과는 3년 넘게 같이 살았다고 했다. 내가 녀석을 만난 지는 2년 반. 이유도 없이 목에 맨 줄이 숨을 조여올 때 녀석은 얼마나 원망했을까. 할머니와 나와 또 대문 앞을 지나치는 무수한 사람들을. 아내에게 이 비보를 전하자 말없이 울기만 했다. 저녁에 퇴근한 아내의 눈은 퉁퉁 부어 있었다. 달타냥이 없는 파란대문집을 지나며 아내는 또 한참을 펑펑 울었다.

"난 외로울 때 헤드뱅잉을 해!"

게걸 조로와 단발머리 소녀
(※반전 주의)

대장고양이 바람이가 떠난 뒤, 오히
려 식당에는 손님들의 발길이 잦았
다. 황금영역인 식세권을 차지하려
는 고양이들의 경쟁도 날로 심해졌
다. 그중에 가장 앞서는 냥이가 있
었으니, 게걸 조로였다. 쾌걸 조로
아니고 게걸 조로 맞다. 소설이나
영화에 나오는 조로와는 마스크가
닮았을 뿐, 악당을 물리치는 정의감
따위 전혀 없다. 사실 얼핏 봐서는
이 녀석이 더 악당스럽게 생겼다.
　녀석은 무슨 고양이가 사료를 씹
어먹는 것이 아니라 게걸스럽게 흡
입하는 수준이었다. 거의 2~3분이
면 사료 한 그릇을 뚝딱했다. 다른
고양이가 사료 몇 개 입에 넣고 아
작거리고 있을 즈음, 녀석은 벌써

사료 한 접시를 다 해치우고 숨을 헐떡이고 있다. 외모나 덩치로 봐선 이 녀석이 새로운 대장고양이인 것 같은데, 녀석은 대장으로서의 위엄 따위 없다. 카리스마 대신 개그에 더 소질이 있다고나 할까.

한번은 식당이 있는 테라스에 올라와 살짝 거실 안을 엿본다는 것이 쓰레기 바구니를 잘못 디뎌 내용물을 왕창 다 엎어버리더니 지레 놀라 도망치다가 계단에서 미끄러졌다. 급기야 미끄러진 것이 창피했던지 나와 눈이 마주치자 마당 한가운데서 '내가 안 그랬음' 하는 표정으로 뜬금없이 열혈 그루밍을 하는 거였다. 이 녀석 하는 행동이 그야말로 엄벙덤벙이다. 밥 먹다 말고 그루밍을 하는가 하면 그루밍을 하다가 생각난 듯 밥을 먹었다. 분명 방금 전에 밥을 먹고 갔는데, 다시 헐레벌떡 밥그릇 앞에 왔다간 '아, 내가 밥을 먹었지!' 하면서 되돌아가기 일쑤였다.

대장으로서 이 녀석의 재위기간은 아주 짧아서 1년 정도에 불과했다. 공교롭게도 녀석은 자신과 비슷하게 생긴 턱시도에게 밀려난 듯하다. 여기서 비슷하다는 건 털빛깔이라는 어떤 형식의 유사성이지 외모는 전혀 딴판이었다. 사실 조로를 밀어낸 신흥 강자는 갑자기 툭 튀어나온 고양이는 아니었다. 녀석은 캣초딩 시절에 이 구역 대장이었던 바람이에게 두어 번 문전박대를 당했던 고양이다. 본격적으로 식당을 출입하기 시작

어떤 음식이든 게걸스럽게 먹어치운다고 '게걸 조로'(쾌걸 아님)라 이름 붙인 고양이.

한 건 조로와 비슷한 시기였다. 아마도 두 녀석이 같은 배에서
나왔을 거라고 추측만 할 뿐, 둘이 다정하게 식당을 출입하거
나 함께 있는 장면을 목격한 적은 거의 없다.

늘 조로와 비교되는 이 녀석의 이름을 나는 '단발머리'라 불
렀다. 〈단발머리〉라는 옛날 노래 가사가 절로 떠오르는 외모였
다. 곱게 빗어 넘긴 단발머리에 청순한 외모, 앙다문 입술, 가지
런히 모은 두 발. 옛날 교복을 입은 소녀 같았다. 하지만 이 소
녀는 늘 조로에게 밀려 한밤중에 몰래 식당을 다녀가곤 했다.
밤중에만 다녀가니 녀석의 사진을 찍을 기회도 많지 않았다.

단발머리 소녀와의 첫 만남.

녀석이 식당을 출입한 지 1년 정도 지난 어느 겨울날. 자정 무렵이었는데, 밖에서 고양이 싸우는 소리가 요란해서 나가보니 시커먼 녀석 둘이 달밤에 결투를 벌이고 있었다.

조로와 단발머리의 달밤 결투. 겨우내 두 녀석은 몇 차례 더 합을 겨룬 듯했다. 당연히 조로가 압승을 거둘 것이라 예상했지만 정작 승자는 단발머리였다. 이후 조로는 밥을 먹다가도 단발머리가 떴다 하면 사료를 입안 가득 구겨넣은 채 도망쳤다. 도망갈 때조차 실속을 챙기는 조로 녀석. 그런데 가만, 청순

한 소녀가 왕초 자리에 오른 게 이상하다고 느끼는 건 나뿐인가? 그 해 봄, 나의 의문은 일순간에 해소되었다. 한낮에 만난 단발머리는 겨우내 털과 살이 쪄서 건장한 체구가 되어 있었고, 더이상 청순한 외모도 아니었다. 이런 역변이 있나. 게다가 녀석이 아랫마을 순둥이에게 달려가는 모습을 보고는 경악을 금치 못했다. 엉덩이 쪽에서 튼실한 무언가를 달랑달랑 흔들며 달려가고 있는 게 아닌가.

새롭게 왕좌에 등극한 단발머리는 우리 동네를 넘어 아랫마을까지 자신의 영역으로 삼았다. 예전의 바람이나 조로에 비하면 엄청난 영토 확장인 셈이다. 고양이계의 광개토대장. 그러나 대장에 오른 뒤에도 녀석이 '구름이네 식당'을 찾아오는 시간은 변함없이 한밤중이었다. 나에게만은 언제나 신비주의 전략을 고수한 셈이다.

첫눈과 함께 찾아온 몽씨 모자

제법 푸짐하게 첫눈이 내리던 날, 반가운 손님이 찾아왔다. 삼
색이 한 마리가 턱시도 새끼(수컷)를 데리고 마당에 들어선 것
이다. 삼색이는 마치 단골손님이라도 되는 양 밥그릇 앞으로
새끼를 불러 넉살 좋게 식사를 즐겼다. 첫 대면이었지만, 둘 다
경계심이라곤 찾아볼 수 없었다. 오히려 식사를 끝낸 모자는
'좀 쉬었다 갈게요' 하면서 테라스에 올라와 눈을 피했다. 이후
로 모자는 '구름이네 식당' 최고의 단골손님이 되었다. 나는 다

첫눈 내리던 날 찾아온 몽당이와 몽롱이.
겨울을 나는 동안 몽롱이의 체구가 엄마만큼이나 자랐다.

리가 짧아 보이는 삼색이에게는 몽당이, 턱시도에게는 몽롱이
란 이름을 붙여주었다. 몽롱이 입장에서는 대형마트의 1+1 상
품처럼 몽당이란 이름에 대충 끼워맞춘 이름이나 마찬가지였
지만, 개의치 않고 녀석은 명랑하게 급식소를 드나들었다.

　유난히 폭설이 잦은 겨울이었다. 동네 고양이들 사이에 마당
급식소가 맛집으로 소문이 나면서 제법 많은 고양이들이 우리
집을 찾곤 했다. 족히 예닐곱 마리는 되어 보였다. 몽씨 모자는

다른 고양이에게 꽤 관대한 편이어서 언제나 손님들이 밥 먹는 모습을 식당 주인처럼 흐뭇하게 바라보았다. 하지만 뒤늦게 식당 출입을 하게 된 고양이 중에 이곳을 독점하려는 야심가가 있었다. 봄부터 들쭉날쭉 찾아오던 수컷 고등어가 유난히 몽롱이를 마뜩잖게 여겼다. 순한 성격의 몽롱이는 자주 밥자리에서 쫓겨났고, 그럴 때마다 산으로 올라가 동정을 살피다 잠잠해진 뒤에야 마당으로 내려왔다.

그런데 녀석이 마당으로 내려올 때면 언제나 "이리 오너라" 하고 집주인을 부르듯 고래고래 소리를 질러댔다. 식당이 오픈하는 아침에 첫발을 들일 때도 녀석은 어김없이 길게 주인장을 호명했다. 어쩌면 녀석은 이렇게 시끄럽게 굴면 입을 막기 위해서라도 간식을 내놓지 않을까 여겼을지도 모르겠다. 그랬다면 녀석의 작전은 멋지게 성공한 셈이다. 실제로 우리 가족은 몽롱이가 시끄럽게 목청을 높일 때마다 캔이며 닭가슴살을 내어주며 입을 막았다. 하필 녀석이 단골로 드나들 무렵에 아내는 출산을 했는데, 손자를 봐주러 올라온 장모님조차 몽롱이가 울면 부리나케 닭가슴살을 가지고 나가곤 했다. 몽롱이가 울면 어렵게 재운 아들 녀석이 깨어나 울음으로 화답할 게 뻔하기 때문이었다.

사실 나는 다른 것보다도 몽롱이가 시끄럽게 목청을 높이면 이웃 주민들이 항의하거나 고양이에게 못된 짓을 할까봐 걱정

몽당이와 신참 너굴이의 신경전.

이었다. 그리고 그런 우려는 곧 현실이 되었다. 5월도 중순을
넘어 이웃에 사는 할머니 두 분이 찾아와 고양이보다 시끄럽
게 나를 불러냈다. "집에서 괭이한테 밥 주고 있지? 저거 봐, 후
라이팬에 밥이 잔뜩 있네!" 그동안 이웃집 몰래 비밀영업을 해
왔지만, 결국 이렇게 들통이 나고 말았다. "우리 상추밭을 괭이
가 여기저기 막 파헤쳐놨어! 아니 괭이 꼬이게 밥은 왜 주는 거
야?" 이미 작정하고 와서 끝장을 보겠다는 태도였다. 나는 고양
이에게 밥을 주니까 마을회관 앞에 모아둔 음식물 쓰레기봉투
를 뜯지 않는 거다, 농작물을 망치는 쥐와 두더지도 고양이가

잡아주니 오히려 농사에 도움이 된다고 항변했지만 소용이 없었다. 두 분 할머니(파란대문집 달타냥을 묶어놓으라고 윽박질렀던 분들)는 "아무튼 밥 주지 말라고!" 대문을 발로 차며 나가버렸다.

저녁이 늦어 마침 몽당이가 왔기에 나는 간식을 내어주며 한마디 건넸다. "저쪽 텃밭에는 얼씬도 하지 마라. 쥐도 열심히 잡아서 옆집 마당에 갖다놔, 알았어? 알았으면 야옹해!" 하지만 몽당이는 시큰둥하게 테라스에 걸터앉아 밥투정을 했다. "간식은 됐고, 어서 밥을 들여요!" 옆으로 툭 불거진 배를 보니 임신을 한 게 틀림없었다.

여름으로 접어들면서 이웃집 텃밭에서는 상추가 무성해 솎아낼 지경이었다. 하루는 잠투정을 하는 아들을 겨우 재워놓고 고양이 밥을 챙겨주려 밖으로 나서는데, 대문 앞에 웬 고양이 한 마리가 누워 있었다. 가까이 다가가보니 몽당이였다. 이 녀석 왜 여기서 자고 있어, 일어나 집에 가서 자야지, 하면서 알은체를 해도 녀석은 꿈쩍도 하지 않았다. 뭔가 느낌이 이상했다. 살짝 다문 입에는 거품이 묻어 있었고, 코에서도 진물이 흘렀다. 황급히 녀석의 목덜미를 만져보니 이미 몸은 딱딱하게 굳어 있었다. 다른 외상의 흔적은 없었다. 출산을 코앞에 둔 듯 만삭의 배만 유난히 불룩하게 튀어나와 있었다. 쥐약을 먹은 게

텃밭을 파헤쳤다는 이유로 이웃이 쥐약을 놓아 무지개다리를 건넌 몽당이.

틀림없었다. 먹먹했지만, 이미 돌이킬 수 없는 일이었다.

누구의 소행인지 짐작 가는 바가 있었지만, 함부로 나서서 항의할 수도 없었다. 자칫 증거도 없이 나섰다가 더 많은 고양이가 피해를 볼 수 있기 때문이었다. 사실 동네에 고양이 밥을

준다는 소문이 나면서 나는 '고양이에 미친 놈'이란 소리를 가는 곳마다 들었다. 그들에게 고양이 따위는 상추보다 못한 생명이어서 그런 하찮은 미물에게 밥을 준다는 것을 그들은 도무지 납득하지 못했다. 그들의 생각이야말로 얼마나 미개하고 옹졸하며 반지구적인지에 대해서 나는 끝내 입을 다물었다. 내가 나서서한 행동이라고는 생강나무 아래 구덩이를 파고 몽당이를 보내며 명복을 빌어주는 것뿐이었다. 생강나무 꼭대기에서 나 대신 쓰르라미가 목청껏 울어주었다.

철새 고양이, 몽롱이

몽당이가 떠난 뒤 한동안 몽롱이의 모습도 보이지 않았다. 나는 녀석도 어딘가에서 쓸쓸하게 생을 마감했을 거라고 여겼다. 구름이네 식당은 다시금 손님이 끊긴 적막한 곳으로 변했다. 계절은 가을도 지나 겨울로 접어들고 있었다. 희끗희끗 첫눈이 내리던 날, 마트에 가려고 마당을 나서는데 눈발 속에서 희미하게 누군가 걸어오고 있었다. 이내 녀석과 내가 눈이 마주친 순간, 녀석이 먼저 목청을 높여 이야옹거렸다. 죽은 줄로만 알았던 몽롱이였다.

녀석은 마치 어제도 왔었다는 듯 익숙하게 식당으로 들어와 "이모 여기 국밥 한 그릇!"을 외쳤다. 나는 무사히 생환한 녀석을 위해 캔에 고봉

몽롱이가 찾은 가을 식당에 단풍이 곱게 내렸다.

밥을 말아 내왔다. 고봉밥 한 그릇을 뚝딱 해치우고도 녀석은 넉살 좋게 주저앉아 디저트까지 주문했다. 폐업까지 고민하던 식당은 오랜만에 활기를 되찾았고, 주방장의 사라졌던 미소도 되돌아왔다. 추정컨대 몽롱이는 엄마의 죽음을 목도한 뒤 한동안 다른 곳으로 피신해 있었던 것으로 보인다. 어쩌면 녀석은 텃밭 농사가 다 끝나 찬바람 부는 계절이 되어야 이곳이 안전해질 거라고 여겼는지도 모른다.

돌아온 진객珍客 몽롱이는 이곳에서 제법 명랑하게 겨울을 났다. 마당에 시끄럽게 고양이가 울어서 나가보면 어김없이 그곳에는 몽롱이가 있었다. 그러나 여전히 겁은 많아서 다른 고양이라도 마당에 나타나면 황급히 산으로 도망쳤다가 돌아오기를 반복했다. 덩치로 봐서는 이 동네 대장고양이라도 할 풍채였지만, 언제나 녀석은 다른 고양이에게 밀려났다. 공교롭게도 파리만 날리던 식당에 손님들이 다시 몰려들기 시작한 것도 몽롱이의 발길이 이어진 뒤부터였다. 녀석에겐 손님을 끌어들이는

뭔가가 있었지만, 정작 다른 손님들로부터 환영받지는 못했다.

　봄이 되면서 시골은 다시금 농사 준비로 분주해졌다. 생강나무는 그 어느 때보다 탐스럽게 노란 꽃망울을 터뜨렸다. 그런데 집집이 텃밭 농사가 시작되면서 몽롱이의 발길이 뜸해졌고, 벚꽃이 흩날릴 무렵 몽롱이는 다시 종적을 감추었다. 어디서 또 쥐약이라도 놓은 걸까. 그렇다 해도 나는 무기력하게 항의조차 못하고 찬란한 봄을 보내고 말 것이다. 여름이 가고 가을이 가는 동안에도 마당 급식소에는 다른 손님들의 왕래가 빈번했다. 한편에서는 쥐약을 놓고, 한편에서는 고양이를 대접하는 이 모순이 어쩔 수 없는 시골의 현실인 것이다.

　마을 여기저기서 김장을 하던 초겨울이었다. 외출에서 돌아와 현관으로 들어서는데, 익숙한 고양이 한 마리가 계단에 앉아 있었다. 녀석은 나를 보자마자 냐앙냐앙냐앙 목청을 높여 울어댔다. 몽롱이였다. 여름과 가을은 어디서 보냈는지, 녀석의 몸은 부쩍 야위어 있었다. 그래, 잘 왔다. 어디 가지 말고, 이놈아! 여기 그냥 눌러앉아. 반가운 마음에 집안에 있는 간식을 이것저것 내와 몽롱이에게 먹였다. 여름과 가을에는 코빼기도 보이지 않다가 겨울에 다시 나타난 녀석의 행동을 어떻게 설명해야 할까. 설명할 수 없는 이런 행동은 그후에도 계속되었다.
　마치 철새처럼 녀석은 따뜻한 봄에 식당을 떠났다가 겨울이면 돌아왔다. 이런 행동은 무려 4년이나 계속되었다. 영역동물

몽롱이는 봄에 식당을 떠났다가
겨울이면 돌아오는 철새고양이 행동을 무려 4년이나 지속했다.

인 고양이로서는 이례적인 행동이 아닐 수 없었다. 굳이 녀석
을 지켜봐온 캣대디 관점으로 설명하자면, 텃밭 농사를 짓는
시기에는 이곳에 쥐약을 놓는 집이 많아 위험하므로 잠시 피
신했다가 텃밭 농사가 끝나 쥐약으로부터 비교적 안전한 겨울

이 되어서야 돌아오는 게 아닐까. 아닐 수도 있지만, 녀석의 안전을 위해서는 그것이 오히려 현명한 행동인 셈이다. 녀석에겐 찬바람 부는 겨울이 오히려 안전하고, 눈보라 치는 겨울이 오히려 평화로웠을 것이다.

길에서 태어나 길에서 살아가는 고양이에게, 그것도 해마다 농번기에 쥐약을 놓는 시골에서 5년(1년은 단골로, 4년은 철새처럼)을 산다는 건 기적 같은 일이다. 녀석을 마지막으로 본 건 여섯번째 겨울의 초입이었다. 처음 녀석을 만났을 때처럼 폭설이 내리는 날이었는데, 녀석은 무슨 일인지 녀석만의 상징인 고래고래 고함을 질러대는 행동도 없이 테라스에 앉아 있었다. 내가 프라이팬 그득 사료를 부어주자 녀석은 입맛이 없다는 듯 몇 알 맛을 보고는 나와 한참이나 눈을 맞췄다. 오랜만의 통조림 간식도 본체만체 먹는 시늉만 하고는 뒤로 물러났다. 녀석은 무슨 할 말이 있다는 듯 오래 나와 눈을 맞추고는 기어들어가는 목소리로 이야옹, 하고는 계단을 걸어 내려갔다.
   하염없이 눈발이 날리는데, 녀석은 오는 눈을 다 맞으며 기어이 논두렁길을 걸어갔다. 그게 마지막 모습이란 걸 나는 뒤늦게 알았다. 녀석은 겨울이 끝날 때까지 두 번 다시 식당에 나타나지 않았고, 이듬해 겨울에도 아무런 소식이 없었다. 그러니까 몽롱이는 그날 마지막 인사를 하러 식당에 들렀던 셈이다. 그동안 밥을 줘서 고마웠다고. 덕분에 겨울은 춥지 않았다고. 그런 뜻이 아니더라도 내가 그렇게 믿고 싶었다. 더이상 구름이네 식당에 몽롱이는 오지 않지만, 겨울이면 나는 "이리 오너라" 하면서 목청껏 주인장을 불러대던 녀석을 떠올리곤 한다. 폭설이 내리는 날이면 더더욱 녀석이 명랑하게 눈을 털며 테라스로 올라올 것만 같아 자주 문밖을 살핀다.

너의 아빠가 누구인지 나는 알고 있다

파란대문집 달타냥이 고양이별로 떠난 지 달포쯤 지났을까. 산책길에 만난 개울집 삼월이가 아깽이 다섯 마리를 데리고 마당에 나와 있었다. 3월에 처음 만났다고 삼월이. 녀석은 개울집 마당고양이였지만, 내가 거의 매일같이 산책길에 음식 배달을 해주던 고양이다. 그 때문에 삼월이는 멀리서 내 발소리만 들려도 마당가에 나와 나를 기다리곤 했다. 그런 녀석이 처음으로 아깽이를 데리고 나온 것이다. 살짝 가랑비가 내리는 가운데 삼월이는 내가 마당에 이르자 주문도 하지 않은 음식을 내놓으라며 우렁차게 냐앙거렸다.

그러자 뒤에 한발 물러서 엄마를 지켜보던 아깽이들이 우르르 내 앞으로 달려들었다. 졸지에 나는 고양이들에게 포위당했다. 처음 보는 녀석들이 경계심이라곤 눈곱만큼도 없었다. 그런데 아깽이 중에 유독 눈에 띄는 한 녀석이 있었다. 크림색 아깽이. 얼마 전 세상을 떠난 달타냥을 쏙 빼닮았다. 굳이 유전자검사를 하지 않아도 달타냥의 2세가 분명해 보인다. 사실 달타냥이 살던 파란대문집과 삼월이가 사는 개울집의 거리는 200여 미터에 불과하다. 아깽이가 달타냥을 닮았다는 이유만으로 나는

달타냥을 쏙 빼닮은 삼월이네 아깽이.

자주 식당을 비우고 삼월이네 아이들에게 배달을 나가곤 했다.

몇 번 얼굴을 익히자 아깽이들은 엄마가 없어도 스스럼없이 나에게 달려나왔다. 하필 장마철이어서 마당은 마를 날 없이 젖어 있었는데, 아깽이들은 아랑곳없이 마당으로 나와 내 신발에 올라오거나 바짓가랑이를 붙잡고 늘어졌다. 어떤 녀석은 웅덩이에 고인 물을 마시고, 또 어떤 녀석은 빗길을 우다다 내달

요 녀석, 비가 오는 날이면 내 신발 위로 올라와 젖은 발을 말리곤 했다.

렸다. 나의 밥 배달은 여름내 계속되었다. 그러는 동안 삼월이
는 단 한 마리의 낙오도 없이 다섯 마리 아깽이를 건강하게 키
워놓았다.

　달타냥이 떠난 뒤 파란대문집 할머니는 말씀하셨다. 고양이
가 있을 때는 몰랐는데, 없으니까 못 살 것 같다고. 어느 날 나
는 할머니에게 달타냥을 쏙 빼닮은 아깽이가 개울집에 태어났
다는 이야기를 꺼냈다. 단번에 할머니는 집으로 데려오고 싶다
고 했다. 할머니의 뜻을 나는 개울집 할아버지에게 전했고, 할
아버지도 흔쾌히 보내겠다고 했다. 며칠 뒤 개울집 할아버지를

만나 달타냥 2세의 안부를 물었다. "언제는 고양이 달라더니 또 안 가쥬간대유." 그새 무슨 일이 있었던 걸까.

할머니에게 연유를 묻자 마을회관에서 있었던 일을 꺼낸다. 개울집 고양이를 데려다 키우겠다고 하자 저번에 달타냥을 묶어놓으라고 했던 할머니가 잔소리를 했던 모양이다. 왜 또 고양이를 키우려 하느냐, 또 텃밭 파헤치면 어떡하나 등등. 주변에서 만류하니 할머니로서는 선뜻 고양이를 데려온다고 할 수 없었던 거다. 다시 고양이를 데려오고 싶은 마음은 굴뚝같았지만, 차마 그 얘기를 할 수 없었다고.

긴 장마가 끝나고 나는 주머니 가득 간식을 챙겨 삼월이네 아깽이를 만나러 갔다. 그런데 발소리만 듣고도 뛰쳐나와야 할 아깽이들이 보이지 않았다. 마침 할아버지를 만나 아깽이들의 안부를 물으니 할아버지는 말꼬리를 흐렸다. "멀리 갔어유." "어디로요?" "저기 어디루다 갔어유." "죽지는 않은 거죠?" "안 죽었어유. 새끼덜은 크구, 이것들을 다 키울 수두 없구. 우리 애들이 버리면 안 된다구 하니 딴 데 보내는 수밖에 없쥬, 뭐." 이렇게 빨리 녀석들과 헤어질 거라곤 생각도 못했다. 이래저래 삼월이만 딱하게 됐다.

한동안 삼월이는 먹을 걸 내밀어도 시큰둥했고, 예전처럼 다가와 다리에 착착 감기지도 않았다. 녀석은 며칠을 개울 방죽에 올라가 우두커니 먼 곳만 바라보았다. 나도 녀석이 바라보

는 곳을 넋 놓고 바라보곤 했다. 굴다리로 이어진 큰길이었다.
아마도 아깽이들이 저 길로 우앵우앵 떠났을 것이다. 기약 없
는 이별이었으리라.

고양이 신고식

사방에 민들레 애기똥풀이 흐드러진 봄날이었다. 고등어 한 마리가 테라스에 올라와 그루밍을 하고 있었다. 녀석의 행동은 주저함이 없었고 꽤 익숙해 보였다. 너구리처럼 산에서 내려왔다가 다시 산으로 올라가는 바람에 '너굴이'로 불리는 녀석. 이상한 점은 나를 대하는 녀석의 행동이 너무 자연스럽고 구면인 양 구는 거였다. 내가 텃밭에서 잡초를 뽑고 있거나 테라스 위에서 쓰레기를 정리하고 있으면 기어이 옆에 와서 구경을 하고 더러 참견을 보태곤 했다.

너굴이가 식당을 출입할 무렵에 최고의 단골손님은 몽당이와 몽롱이였는데, 녀석은 몽씨 모자에게 언제나 야박하게 굴었다. 엄마인 몽당이는 그러든가 말든가 꿋꿋하게 밥그릇을 사수했지만, 쫄보인 몽롱이는 너굴이가 등장할 때마다 산으로 도망을 쳤다가 잠잠해진 뒤에야 다시 나타나곤 했다. 너굴이 녀석 대체로 강자에겐 비굴하고 약자에겐 고약하게 구는 구석이 있었다. 간헐적으로 출현하는 조로를 보면 삼십육계 줄행랑을 쳤고, 광개토대장 단발머리에겐 감히 근처에도 얼씬거리지 않았다.

어느 날 사진을 정리하다가 나는 놀라운 사실을 알게 되었다. 너굴이 녀석 처음부터 나에게 구면인 것처럼 군다 했더니 실제로 구면이었다. 녀석은 바로 2호점 전원고양이 출신이었다. 2호점은 아랫마을에 있는 전원주택으로 할머니가 마당에서 20여 마리 고양이를 돌보고 있는 곳이다. 나는 매주 1~2회 이곳에 사료 배달을 하면서 그곳의 고양이들을 사진에 담아왔다. 그러니까 녀석은 진즉에 나를 알고 있었던 거고, 기억력이 나쁜 나는 녀석을 몰라봤던 거다. 아마도 2호점에 고양이 수가 많다보니 경쟁에서 밀린 너굴이는 야산을 넘어 우리집을 찾아온 듯했다. 와서 보니 아는 사람의 집이었고, 옳거니 하면서 단골로 드나들기 시작했을 것이다.

녀석은 단골이 되고 나서 호된 신고식을 치렀다. 우리집 실내에는 다섯 마리 고양이가 있었는데, 그 중 랭이(수컷) 녀석이 새로 온 고양이의 뻔뻔한 적응력을 못마땅하게 여겼다. 새로 오자마자 테라스를 자기 집처럼 여기는데다 자주 실내를 들여다보며 기웃거리는 너굴이의 모습이 눈에 거슬린 모양이다. 장마가 한창일 무렵이었다. 아침부터 너굴이가 테라스에 올라와 밥이 늦는다며 시위를 하기에 문을 열고 나가려는데, 기다렸다는 듯 뒤에 앉아 있던 랭이가 열린 문

너굴이 출생의 비밀은 녀석이 2호점 전원고양이 출신이라는 것이다.

틈으로 뛰쳐나갔다. 손쓸 겨를도 없이 랭이는 너굴이를 목표로 달려들었고, 너굴이는 쏜살같이 뒷산으로 도망치기 시작했다.

　나 또한 서둘러 랭이를 붙잡아보려 했지만, 이미 랭이도 너굴이의 뒤를 쫓아 뒷산을 오르고 있었다. 하필이면 장맛비가 억수같이 퍼붓고 있는데, 졸지에 추격전이 펼쳐졌다. 하지만 뒷산 정상 부근에 이르러 나는 두 녀석의 행방을 놓치고 말았다. 그렇게 랭이는 뜻밖의 가출을 했고, 닷새나 빗속을 헤맨 끝에 겨우 랭이의 행방을 찾을 수 있었다. 집에서 100여 미터 떨어진 원두막 나뭇더미 속에 들어가 비를 피하고 있었던 것이다. 우여곡절 끝에 랭이를 구조하는 데 성공은 했지만, 닷새에 걸쳐 랭이를 찾아 헤매느라 나의 몰골은 말이 아니었다.

더욱 황당한 것은 정작 랭이에게 쫓기던 너굴이는 몇 시간 후 테라스로 돌아와 아무 일 없다는 듯 냠냠찹찹 식사를 즐겼다는 것이다. 호된 신고식은 랭이가 치른 셈이었다. 밖에서 죽을 고생을 한 랭이는 이후 너굴이가 밖에서 밥을 먹든 낮잠을 자든 애써 외면했다. 기억을 떠올리고 싶지 않았을 것이다. 그러거나 말거나 너굴이의 뻔뻔함은 여전했고, 몽씨 모자에게 너그럽지 못한 것도 달라지지 않았다. 여전한 모습으로 녀석은 이곳에서 3년 가까이 보냈다. 녀석을 마지막으로 본 건 장마 무렵이었는데, 그날따라 식당에서 밥을 먹고는 먼길 떠나는 나그네처럼 홀연히 논두렁길을 걸어가는 거였다. 녀석의 등뒤로 초록의 논자락과 휘어진 논두렁길이 가만히 펼쳐졌다.

급식소 너머 논두렁길을 구름에 달 가듯이 가는 고양이.

히끄 아니고 부끄

내가 사는 시골에는 주로 한밤에 택배가 온다. 그날도 택배가 배달되었다는 메시지를 받고 현관 앞을 살피는데, 무언가 하얀 물체가 휙, 마당을 가로질러갔다. 눈 쌓인 달밤에 하얀 물체는 순식간에 사라졌지만, 그 잔상만은 역력하게 남아서 그림으로 남겨도 될 정도였다. 갈기를 휘날리며 달려가는 작은 백마라고나 할까. 그로부터 여남은 날이 흘렀을까. 녀석의 실체를 본 건 벌건 대낮이었다. 녀석은 돌아앉아 밥을 먹고 있었는데, 그 모습이 크고 하얀 털뭉치 그 자체였다. 둥그런 등의 곡선에선 윤기가 자르르 흘렀다.

얼핏 봐도 터키시 품종 같았고, 이런 거름 냄새 나는 시골에 있을 아이로는 보이지 않았다. 뒤통수가 따가웠는지 녀석이 갑자기 뒤를 돌아보았다. 호박색에 파랑이 살짝 감도는 매력적인 눈을 가진 아이였다. 나와 눈을 마주치자 들키지 말아야 할 것을 들킨 것처럼 녀석은 개울 쪽으로 줄행랑을 쳤다. 이후 녀석은 매일같이 식당에 출근 도장을 찍었다. 하지만 경계심이 많아서 인기척이나 문 여는 소리만 들려도 소스라치게 놀라 도망을 쳤다. 유기묘이거나 외출냥이로 보이지만, 딱히 어느 쪽인

호박색에 파랑이 살짝 감도는 매력적인 눈을 가진 아이.

지는 알 수가 없었다.

사실 내가 사는 시골에 몇 년 전부터 산을 통째로 깎아 전원주택 단지를 만드는가 하면 작년까지 논이었던 곳에도 하루아침에 전원주택이 뚝딱 들어서기 시작했다. 출신 성분을 알 리 없지만, 그곳에서 왔을 것으로 추정은 된다. 식당 출입을 한 지 몇 달이 지나면서 녀석은 제법 대담해졌다. 문을 열고 나가면 뒤도 안 돌아보고 도망치던 녀석이 이제는 마당 주변을 슬슬 맴돌았다. 하지만 여전히 나와 눈을 맞추는 일은 부끄러운지 나무 뒤에서 몰래 나의 동정을 살피거나 테라스 아래 앉아 내가 사라지기를 기다렸다.

녀석의 외모는 SNS의 스타로 떠오른 고양이 '히끄'를 연상시켰으나, 녀석의 행동은 언제나 '부끄'에 가까웠다. 녀석에게 부끄란 이름을 지어준 것도 그 때문이다. 오래 지켜본 녀석의 면면은 결코 외출냥이로는 볼 수 없었다. 부끄는 하루에도 몇 번씩 식당을 찾았고, 낮과 밤을 가리지도 않았다. 게다가 여름을 넘기고 가을로 접어들면서 그 솜사탕처럼 뽀얗던 털빛은 어느새 때가 타 꼬질꼬질했다. 기름이 자르르 흐르던 윤기마저 사라져 이제는 말라비틀어진 빗자루처럼 변했다. 누군가 근처에 버린 유기묘일 가능성이 더 높아 보였다.

부끄는 이곳에서 세 번의 겨울과 두 번의 여름을 났다. 세번째 겨울은 유난히 추웠고, 폭설이 잦았다. 녀석은 그 혹독한 겨울을 다 이겨냈지만, 신흥 강자의 등장 앞에서는 꼬리를 내려야 했다. 식세권 영역에 새로운 대장고양이 여포가 등장하면서 녀석 또한 자취를 감춘 것이다. 녀석이 떠난 그해 봄, 식당 앞 개울 둑방에 하얀 토끼를 연상시키는 아깽이 한 마리가 앉아 있었다. 아기 천사가 강림한 듯 한 순백의 아깽이. 부끄의 꼬물이 시절이 있었다면 딱 이런 모습이었으리라. 그리고 그 옆에는 살짝 돌아앉아 개울을 바라보는 어미고양이가 있었다. 순덕이였다.

아깽이들의 겨울나기

장마가 한창인 2016년 여름이었다. 뼈만 앙상하게 남아서 한줌도 안 되는 몰골의 삼색이 한 마리가 식당을 찾아왔다. 한밤중이었는데, 엉겨붙은 털과 검불이 덕지덕지한 엉덩이가 달빛에 선연했다. 그 모습을 보고 나는 "저거 살 수나 있나" 혼자 중얼거리며 사료그릇에 잘게 찢어발긴 닭가슴살을 고명으로 얹어주었다. 솔직히 그때만 해도 사는 동안만이라도 허기나 면하게 해주자는 생각이었다.

그런데 하루하루 사료와 간식을 먹더니 몸에 살집이 붙고 털빛에도 윤기가 돌기 시작했다. 식당에 드나든 지 한 달쯤 지나자 녀석의 모습은 확연히 달라져 제법 고양이다운 삼색이가 되어 있었다. 역시 밥 준 보람이 있군! 그렇게 순덕이는 식당의 단골손님이 되었다. 하지만 단골손님치고는 경계심이 많아서 제대로 사진을 찍은 적이 거의 없다. 카메라만 들고 나가면 어느새 개울 쪽으로 줄행랑을 치고 없기 때문이다. 녀석은 겨울이 되면서 부쩍 유기묘로 보이는 부끄와 많은 시간을 보냈다.

가끔 한밤중에 거실창을 내다보고 있으면 둘이 다정하게 앉아 사료를 먹곤 했다. 어쩌면 둘에게 이곳 식당은 만남의 장소

무심코 거실문을 열었다가 웬 토끼 한 마리가 둑방 쪽으로
달아나는 걸 보고 따라갔더니, 순덕이네 아깽이었다.

이자 데이트 코스였는지도 모른다. 경계심이 남다른 커플, 카
메라에 찍히는 걸 극도로 싫어하는 커플의 만남. 생의 첫겨울
을 보내는 고양이와 세번째 겨울을 나는 고양이의 만남. 혼자
보다는 둘이서 보내는 겨울이 좀더 따뜻했으리라. 물론 그 또

한 인간의 관점일 뿐. 사실 그 무렵 식당에는 신흥 강자로 떠오른 노랑이(여포) 한 마리가 드나들고 있었는데, 이 녀석 등장과 함께 '도장깨기'에 나선 듯했다.

조로와 단발머리가 차례로 영역에서 물러나더니 권력에 관심이 없던 부끄마저 여포 앞에 꼬리를 내렸다. 애당초 길 생활이 어색한 유기묘가 길에서 잔뼈가 굵은 길냥이를 상대하기란 여간 버거운 일이 아니었을 것이다. 부끄가 떠난 이듬해 봄에 순덕이는 순백의 아깽이를 데리고 식당을 찾았다. 눈이 부실 정도로 새하얀 아이였다. 이후 한 달 가까이 순백의 아깽이는 엄마를 따라 식당을 출입했다. 그러나 그게 전부였다. 깔끔하고 건강해 보이던 아깽이가 갑자기 종적을 감췄다. 때 이른 독립을 시킨 건지, 눈독을 들이던 누군가가 데려갔는지는 알 수

둑방 바위틈을 은신처로 삼은 순덕이네 아이들.

가 없다.

그럼에도 순덕이의 일상에는 변화가 없었다. 변함없이 식당 단골 리스트 상단에 순덕이가 있었다. 딱 한 가지 달라진 게 있다면 순덕이 옆에는 이제 부끄 대신 여포가 있다는 것이다. 여포는 자신을 위협하는 성묘 수컷에게는 가차없이 굴었고, 암컷이나 아깽이들에게는 한없이 너그러웠다.

이듬해 가을. 순덕이는 다시 출산을 했다. 고등어 세 마리에 삼색이 한 마리. 순덕이는 도랑가 둑방 바위틈을 은신처로 삼

엄마와 함께 식당을 찾기 시작한 순덕이네 아깽이.

았다. 수시로 식당을 드나들기에 더없이 가까운(50여 미터) 은
신처였다. 하지만 겁이 많은 아깽이들은 식당 출입이 자유롭지
못했다. 항상 많은 손님이 왕래하는 곳이라 아깽이 단독으로는
오가기가 쉽지 않은 탓이다. 그래서 나는 캔과 닭가슴살로 버
무린 주먹밥을 매일같이 은신처 근처로 배달했다. 그렇게 보름
정도 배달부 노릇을 했더니 이 녀석들, "배달음식은 좀 질리네
요" 하면서 직접 식당을 찾기 시작했다.

　녀석들 뱃구레가 커지면서 주먹밥 하나로는 허기를 달랠 수
가 없었던 모양이다. 엄마가 먼저 식당에 도착해 밥그릇 앞에

서 아이들을 부를 때도 있고, 지들끼리 와서 밥그릇을 깨끗하게 비우기도 했다. 나는 이 어린 단체손님이 언제 올지 몰라 따로 간식 그릇을 만들어 늘 캔을 하나씩 따두었다. 겨울로 접어들면서 이 녀석들의 발길은 더욱 잦아졌다. 아침에 고봉밥을 퍼놓아도 점심때면 그릇이 비어 있을 정도였다.

아깽이들에게 첫겨울은 혹독했다. 두어 번 폭설이 내리면서 아깽이들의 발길도 뜸해졌다. 하루는 마트에 가려고 길을 나서는데, 개울 저편 마른풀더미 위에서 자고 있는 고등어 녀석이 눈에 들어왔다. 날도 추운데, 왜 저기서 자고 있지? 좀더 가까이 다가가 녀석을 불러보지만 기척이 없었다. "꼬맹아, 일어나! 집에 가서 자야지!" 이 추운 날 저런 데서 자면 안 될 것 같아서 개울로 내려가 녀석을 살펴보는데, 아, 녀석은 이미 일어날 수가 없는 상태였다. 순덕이네 아깽이 중 한 마리였다. 사흘 전에 멀쩡하게 밥 먹는 걸 보고 사진까지 찍은 녀석이었다.

굶어서 그런 건 아닐 테고, 더구나 요즘엔 텃밭 농사철도 아니어서 쥐약을 먹은 것도 아닐 텐데. 갑자기 추워진 날씨에 한뎃잠을 자면서 체온이 떨어졌거나 전염병에 걸린 게 아닐까 의심이 들 뿐이었다. 사실 가을에 태어난 아이들은 봄에 태어난 아이들에 비해 생존확률이 희박한 편이다. 대부분의 길고양이가 봄에 출산을 하는 까닭도 그 때문이다. 나는 마트 가기를 포기하고 언 땅을 곡괭이로 겨우 파서 싸늘한 주검을 묻어주었

이 아깽이의 첫겨울은 이렇게 마지막 겨울이 되었다.

다. 이 아이가 지구에 머문 시간, 4~5개월. 그렇게 녀석은 지구에서의 짧은 생을 마치고 고양이별로 떠났다. 한동안 보이지 않던 순덕이는 시간이 한참 지나 혼자 식당을 찾아왔다. 산 고양이는 살아야 한다며 녀석은 꾸역꾸역 밥을 삼키고, 캔까지 말끔히 비우고는 찬바람 속을 허청허청 걸어갔다.

아무렴, 산 고양이는 살아야지. 그렇게 순덕이는 악착같이 살아남아 가장 오래(2021년 봄, 이사를 하면서 불가피하게 헤어졌다), 그리고 가장 꾸준히 식당을 찾는 단골로 남았다.

시골에서 고양이와 함께 산다는 것

내가 고양이 세계에 처음 발을 들여놓은 건 2007년 늦가을이다. 당시만 해도 나는 고양이를 위한 사료가 있다는 것도, 길고양이를 보살피는 캣맘이 있다는 것도 몰랐다. 퇴근길에 아내가 보여줄 것이 있다면서 나를 불러내지만 않았어도 나는 다른 길을 가고 있을 것이다. 그날 아내가 가리킨 손끝에서 마법처럼 펼쳐진 풍경 하나. 버려진 소파에 누워 다섯 마리 아깽이에게 젖을 물리던 어미고양이의 다정한 슬픔. 그날의 그 장면은 몇날 며칠 내 머릿속에서 고장난 필름처럼 무한반복되었다.

그렇게 고양이를 만나 여기까지 왔다. 올해로 고양이를 따라다닌 지 15년째. 처음 고양이를 만난 건 도심의 한복판이었지만, 2009년 봄 도시 생활을 접고 우리는 시골의 마당 있는 집으로 이사를 왔다. 전원주택치곤 좀 낡고 오래된 집이었지만, 마당이 있다는 게 작은 위안이 되었다. 아니, 이사의 목적은 마당이 있는 집이라야만 했다. 이사할 때만 해도 나는 마당에서 고양이가 누구의 눈치도 보지 않고, 밥을 먹고 자유롭게 뛰어노는 모습을 상상했다. 하지만 이사하고 얼마 지나지 않아 그것이 얼마나 순진한 생각이었는지 알게 되었다.

고양이에 관한 한 도시와 시골의 인식은 크게 다르지 않았다. 고양이에 대한 터무니없는 모함과 혐오는 오히려 시골이 더하다는 생각도 들었다. 고양이에게 밥을 준다는 이유만으로 나는 '미친놈'으로 불렸고, 텃밭을 파헤친다는 이유로 고양이는 박멸의 대상이 되곤 했다. 처음에는 고양이를 죽이기 위해 텃밭에 쥐약을 놓는 이웃에게 항의도 해보고 동물보호법 위반 시 처벌조항이 담긴 안내문을 전달하기도 했지만, 오히려 위아래도 없는 천하의 몹쓸 놈 소리만 들었다. 2010년대 초만 해도 나는 1~3호점뿐만 아니라 이웃마을까지 네 군데의 이동급식소를 더 운영하고 있었는데, 해마다 반복되는 쥐약 살포에 결국 1~3호점을 제외한 모든 이동급식소를 폐쇄해야만 했다. 그때는 내가 정신적으로도 매우 위축돼 있던 터라 동네에서는 아예 고양이 촬영조차 2년 넘게 중단했다.

당시 2호점에서는 이런 일도 있었다. 전원고양이를 돌보는 할머니에게 뒷집 사는 경찰이 찾아와 다짜고짜 '저것들 총으로 다 쏴 죽이겠다'는 협박을 한 것이다. 그것도 할머니와 따님 두 분만 사는 집에 자정 넘어 만취한 상태로 현관문을 벌컥 열고 겁박했다고 한다. 할머니와 따님은 이후 며칠간이나 겁에 질려 잠도 제대로 못 잤다. 당시 이 사연을 접한 여러 네티즌이 해당 경찰서에 민원을 제기했지만 어떠한 답변도 듣지 못했다. 그뿐만 아니라 수시로 이장까지 찾아와 고양이 키우지 말라는 협박을 하는 바람에 결국 할머니는 고양이를 데리고 산중 외딴집으로 이사를 가야만 했다. 3호점 양철지붕집에서도 사건이 끊이지 않았다. 고양이에게 밥 주는 것을 못마땅하게 여긴 이웃집에서 수시로 사냥개 두 마리를 풀어 대놓고 고양이 사냥을 시켰다고 한다. 그로 인해 해마다 서너 마리 고양이가 무지개다리를 건너고 말았다.

어떤 이들은 자연 속에서 살아가는 시골고양이의 모습을 보며 낭만적이라고, 부럽다고 말한다. 낭만적인 고양이가 사는 그런 시골이 없지는 않겠지만, 최소한 내가 사는 시골에선 낭만 속에 피가 묻어 있었다. 그것이 하루아침에 바뀌지 않을 것임을 나는 안다. 그렇다고 그것을 그냥 두고만 볼 수도 없었다. 나는 생각했다. 다른 방법이 필요하다고. 고양이를 못살게 구는 옆집과 그 옆집에 뇌물에 가까운 선물을 하기로 마음을 바꾸었다. 처가에서 보내준 표고를 한 상자씩 선물하거나 남도의 한 독자가 보내온 대용량 전복 상자를 그대로 이웃집 할머니께 전달해드리기도 했다.

단지 선물 때문만은 아니었으리라. 이웃집 할머니의 태도가 조금씩 달라지기 시작했다. 당장 텃밭에 쥐약 놓기를 멈추었

낭만적인 고양이가 사는 시골이 없지는 않겠지만,
최소한 내가 사는 시골에선 낭만 속에 피가 묻어 있었다.

다. 물론 고양이를 보면 발을 구르고 '저놈 시키' 하면서 쫓아내
는 건 여전했지만, 그것만으로도 고마운 일이었다. 선물을 건
네면서 지나가는 말로 슬쩍 던진 말도 현실이 되었다. "텃밭 입

밥 먹으러 오는 아쿠와 아톰 너머로 보이는 파란색 그물.
과거 쥐약을 놓던 텃밭에 고양이를 비롯한 야생동물 출입을 막기 위해 설치했다.

구를 엄나무 같은 걸로 막아놓거나 그물을 쳐놓으면 고양이가
못 들어오지 않을까요?" 어느 날 보니 그물이 이웃집 텃밭에 빙
둘러져 있었다. 강하게 부딪치는 것만이 해결책은 아니었다.
때로는 고양이를 싫어하는 사람들의 이야기를 경청하면서 넌
지시 의견을 전달하는 것도 나쁘지 않다.

동네에서 고양이에 '미친 놈'으로 찍힌 지 5~6년 만에 찾아
온 작은 변화였다.

2부

。

마당과 마음을 접수해버린
또랑이네 아이들

왜 나를 빤히 보지? 혹시 저 녀석도 나와 같은 생각을 하고 있는 건가?

여포의 시대

2016년 봄 살구꽃이 환한 대낮에 녀석을 처음 만났다. 그런데 '어디서 봤더라' 분명 초면인데, 구면인 것만 같았다. 하긴 노랑이들은 다 비슷비슷하게 생겨서 구분이 안 갈 때가 많다. 처음 보는 노랑이도 살구나무 아래서 한참이나 나를 빤히 바라보고 있었다. 뭐지? 혹시 저 녀석도 나와 같은 생각을 하고 있는 건가?

　얼굴은 꾀죄죄하고 한쪽 다리는 살짝 절고 있었다. 이왕 왔으니 밥이나 먹고 가라고, 나는 테라스에 올라가 캔을 땄다. 그때였다. 캔 따는 소리에 녀석이 우다다 달려오더니 바로 앞에서 알은체를 하는 거였다. 뭐지? 이 익숙함은. 녀석에겐 일말의 경계심도 없었다. 녀석이 캔 따는 소리에 이렇게 열렬히 반응한다는 것은 누군가에게 적잖은 캔을 제공 받았다는 것. 과거 너굴이처럼 이 녀석도 2호점 전원고양이 출신인 건가.

아랫마을에서 20여 마리 전원고양이를 돌보던 할머니는 고양이 밥 주지 말라는 이웃의 지속적인 협박에 2013년 5월 산 너머 외딴집으로 이사했다. 당시 나는 몇 명의 자원봉사자들과 함께 할머니가 돌보던 고양이 중 12마리를 포획해 TNR(중성화수술 후 제자리 방사)와 이주 방사를 도와드렸다. 이 과정에서 포획하지 못해 이주하지 못한 고양이가 여러 마리 있었는데, 아무래도 그중 한 마리가 아닐까라는 생각이다. 그렇다면 녀석은 2년 넘게 떠돌다 이곳을 찾았고, 과거 사료 후원을 와서 자주 캔을 따주던 아저씨를 오랜만에 만난 셈이 된다. 물론 이건 나의 일방적 추정일 뿐이다.

그러거나 말거나 녀석은 오랜만에 캔 맛을 본다는 듯 순식간에 한 그릇을 비워버렸다. 어쩌면 녀석은 진즉부터 이 식당을 출입했는지도 모르겠다. 밤중에 테라스를 내다보면 몰래 밥을 먹다 황급히 사라지는 노랑이들이 더러 있었더랬다. 하지만 이번처럼 직접적인 대면을 할 기회는 없었다. 넙데데한 얼굴에 떡 벌어진 골격, 힘깨나 쓸 것 같은 탄탄한 앞발. 보는 순간 '여포'라는 이름이 떠올랐다. 딱히 이유가 있다기보다는 얼굴과 덩치를 보고 그냥 여포가 연상되었기 때문이다.

넙데데한 얼굴에 떡 벌어진 골격, 힘깨나 쓸 것 같은 탄탄한 앞발.
보는 순간 '여포'라는 이름이 떠올랐다.

여포는 나와 대면한 이후로 뻔질나게 이곳을
드나들었다. 혈기 방장한 녀석에겐 이미 식당의
단골 고양이들에 대한 두려움 따위 찾아볼 수가
없었다. 아니 녀석에겐 더이상 물러날 곳이 없다
는 절박함 같은 것이 있었다. 그 절박함으로 녀
석은 도장깨기에 가까운 도전에 나섰다. 녀석이
나타난 뒤로 식당에는 늘 전운이 감돌았다. 툭하
면 마당과 옆산에서 고양이 싸우는 소리가 들렸
다. 아마도 처음 대면했을 때 다리를 절고 있었
던 것도 치열한 전투의 상흔이었으리라.

　가을로 접어들면서 식당은 다시금 쥐죽은듯
조용해졌다. 그건 곧 봄부터 이어져온 권력 다툼
이 끝나고 승자가 가려졌다는 얘기다. 아니 이미
그전에 승부가 가려졌는지도 모른다. 그렇게 녀
석은 온몸으로 부딪치며 새로운 '여포의 시대'를 열었다. 고양
이계의 승부란 사실상 승자독식이다. 권력이나 먹이, 심지어
암컷까지도 이긴 녀석이 독차지한다. 다만 권좌에 오른 대장의
성향에 따라 좀더 관대하거나 유연한 경우가 있을 뿐이다.
　내가 목격하기로 여포는 천하의 카사노바였다. 순덕이와 순
심이, 또랑이 등 세 다리를 걸치는 건 기본이었고, 공공연하게

여포는 다른 수컷들에게 냉정한 대장이지만,
또랑이네 아이들에겐 다정한 아빠였다.

공개연애를 선보였다. 왕좌를 노리는 수컷들에겐 더없이 냉정
했지만, 자신의 영역에 거주하는 암컷들에겐 한없이 다정했다.
자신의 영역에서 태어난 아이들에게도 '내 새끼'라는 확신이
있어서인지 대체로 자상한 편이었다.

또랑이네 아이들과의 첫 만남

오일장에 갔다가 오후 늦게 들어오는 길이었다. 이웃집 할아버지가 마당으로 들어서는 나를 다급하게 불러세웠다. "자네 이리 좀 와봐. 자네한테 보여줄 게 있어!" 순간 나는 가슴이 철렁했다. 이웃집 할머니는 몇 년 전까지 고양이가 텃밭을 파헤친다며 쥐약을 놓은 적이 여러 번이고, 실제로 그 때문에 내가 밥 주던 고양이들이 여러 마리 무지개다리를 건넜다. 쥐약으로 고양이를 죽이는 행위는 동물보호법 위반으로 처벌받을 수도 있다는 한국고양이보호협회 안내문까지 이웃집에 전달하며 더이상의 피해를 막아보려 했지만, 소용이 없었다.

그렇다고 시골 동네에서 이웃을 경찰에 신고해 법정다툼을 벌이는 것은 이사갈 작정이 아니라면 실행에 옮기기 어려운 행동이었다. 대신 몇 차례 표고며 전복을 선물로 건네며 고양이의 안전을 부탁드리곤 했다. 다행히 이후에는 별다른 사고가 일어나지 않았고, 이웃집에서도 텃밭 주위에 그물 펜스를 설치해 고양이의 출입을 막았다. 과거의 기억이 떠올라 나는 또 고양이가 텃밭을 파헤친 건가 걱정되어 가슴이 두근두근 불안감이 파도처럼 막 밀려왔다. 조마조마한 마음으로 나는 줄레줄레

격하게 환영함.

오늘도 꼬리 바짝 세우고 똥꼬발랄, 꼬리명랑하자!

할아버지의 뒤를 따랐다.

"저것 좀 봐! 저기!" 할아버지가 가리키는 쪽은 뜻밖에도 텃밭이 아니라 개울 쪽이었다. 그리고 거기에는 태어난 지 달포 정도 됐을 법한 아깽이들이 똥꼬발랄 장난을 치고 있었다. "내 자네한테 저거 보여주려고 불렀어. 아침 9시 반인가 이래 나와 보니까 고양이가 저렇게 놀고 있더라고. 그래서 아까 갔더니만 집을 비우고 없어서 내 다시 가본 거여. 저거 사진도 찍고 그러라고." 과거에도 할아버지는 할머니와 달리 고양이에 대해 특별한 악감정을 가지고 있지는 않았다.

나는 고맙다는 인사를 전하고 카메라를 가져와 개울가에서 노는 아깽이들을 여러 컷 찍었다. 모두 여섯 마리였다. 고등어, 삼색이, 그리고 노랑이가 넷. 뒤늦게 사진을 찍는 나를 발견한 녀석들은 좌충우돌 혼비백산 둑방의 바위틈으로 숨어들었다. 천변을 마당 삼아 냥루랄라 놀던 꼬물이들은 이제 바위틈에서 샛별 같은 눈만 반짝거리며 이쪽의 동정을 살폈다. 그래, 간다 인석들아! 신나게 뛰어놀아라! 그나저나 이 녀석들의 엄마는 누구일까. 저녁 무렵 카메라 없이 다시 가보니 어미고양이가 녀석들과 함께 곤히 자고 있었다. 그리고 그 어미고양이는 바로 우리집 단골손님인 '또랑이'였다.

또랑이는 도랑을 영역으로 사는 아이라서 내가 혼자 '또랑이'라고 부르던 녀석이다. 아깽이들을 보고 난 이튿날 한바탕 소나기가 내린 뒤 테라스로 또랑이가 밥을 먹으러 왔기에 나는 캔과 닭가슴살을 잔뜩 내주었다. 녀석은 이게 무슨 일인가, 하는 표정으로 나를 흘끔 쳐다보더니 야무지게도 먹어치웠다. 옆에서 게걸스럽게 밥을 먹는 녀석을 보며 나는 혼잣말처럼 중얼거렸다.

"초보엄마라서 힘들지? 아무쪼록 애들 잘 키우고, 힘들면 아이들 다 데리고 이리로 와. 사료는 넉넉히 준비해놓을 테니, 밥걱정은 말고."

도랑가에서 뛰어노는 여섯 마리 아깽이의 엄마, 또랑이.

천변을 마당 삼아 천방지축 날뛰는 또랑이네 아이들.

고양이가 날뛰는
이 멋진 세상!

늦은 오후, 이웃마을에 사료 후원을 갔다 오는 길에 보니 개울가에서 또랑이네 여섯 마리 꼬물이들이 세상 무서울 게 없다는 듯 장난을 치고 있었다. 그야말로 똥꼬발랄 천방지축이었는데, 내가 다가가 셔터를 누르니 혼비백산 둑방의 바위틈으로 숨어들었다. 이 조용한 개울가에서 카메라 셔터소리는 왜 총소리만큼이나 큰 건지. 잠시 숨을 멈추고 기다리자 이 녀석들 다시 천변을 마당 삼아 이리 날뛰고 저리 날뛰는 것이다. 아, 고양이가 날뛰는 이 멋진 세상!

　그런데 그때였다. "거서 뭐해요?" 돌아보니 이웃집 할머니였다. 앞에서도 이야기했듯 이웃집 할머니는 고양이에 대한 적대감이 가득했던 사람이다. '이 상황을 어떻게 모면하지?' 그러잖아도 이웃 사람들 눈을 피해 사진을 찍고 있었는데…… "아, 그게 그냥 개울가에 고, 꽃이……" "뭔데 그래?" 하면서 할머니는 한 걸음씩 다가왔다. 아, 망했다. 속으로 나는 아깽이들아 도망가 어서, 빨리!를 외쳤다. 할머니가 고개를 쑥 내밀고 개울가를 살폈다. 내 말을 알아듣기라도 했을까. 순식간에 아깽이들은 바위틈으로 몸을 숨겼다.

그러나 나와 안면이 많은 '또랑이'는 나와 눈을 맞추다가 결국 할머니에게 들키고 말았다. 할머니가 나타나자 또랑이 역시 바위틈으로 몸을 숨겼지만, 정체가 발각된 뒤였다. "자는 왜 절루 들어간대." 할머니는 아무 일도 없었다는 듯 텃밭 쪽으로 걸음을 옮겼다. 아깽이들이 저곳에 있다는 것을 들키지 않아 다행이긴 하지만, 또랑이의 정체가 들통난 것이 못내 걱정되었다. 그래도 최근 1~2년 동안에는 쥐약을 놓거나 특별한 사건이 없었으니, 괜찮겠지. 나는 혼자 괜찮을 거라고 중얼거리며 집으로 돌아왔다.

저녁이 다 돼 눈치도 없는 또랑이가 다시 밥을 먹으러 와서 내가 문을 열고 한마디 던졌다. "아 쫌, 할머니 눈에는 띄지 말자, 우리." 아랑곳없이 녀석은 아득까득 사료만 씹어댔다.

둑방의 아름다운 가족 상봉

도랑을 영역으로 삼아 살아가는 또랑이는 미모도 행동도 귀여운 노랑이다. 도랑으로 이어진 배수구가 또랑이네 가족의 은신처이자 살림집이며, 도랑의 공터가 녀석들의 앞마당이다. 또랑이네 아이들이 자라면서 나는 녀석들이 사는 곳에 밥을 배달하기 시작했는데, 하필 녀석들이 사는 곳이 절벽 아래라 위에서 경단밥을 던져주는 수밖에 없었다. 그마저도 식구가 많으니 순식간에 동나곤 했다.

본래 또랑이는 지난겨울에 처음 식당을 찾아온 손님이었다. 당시 또랑이 옆에는 대장 여포가 앉아 있었는데, 녀석이 환심을 사기 위해 이곳을 소개한 게 틀림없다. 사실 여포가 이곳에 오기 전까지만 해도 이웃에서 하도 쥐약을 놓는 바람에 '구름이네 고양이 식당'은 겨우겨우 명맥만 유지하고 있었다. 나 또한 그런 분위기에 위축되어 식당을 홍보할 엄두도 내지 못했고, 이곳을 찾는 고양이들을 사진으로 남기는 일조차 잠정적으로 중단했었다. 내가 다시 식당을 출입하는 고양이들을 기록하기 시작한 건 순전히 또랑이네 아이들 때문이다. 이웃집 할아버지가 저 아이들 사진을 찍으라고 불러낸 것이 계기가 된 셈이다.

도랑에서 태어나 도랑에서 살아가는 또랑이네 아이들이 정작 도랑에 머문 시간은 그리 길지 않았다. 경단밥을 던져주는 배달 서비스도 닷새 만에 중단되었다. 이유는 6월에 쏟아진 기습폭우 때문이었다. 집중호우로 도랑물이 범람하자 또랑이는 아깽이들을 이끌고 안전한 곳으로 피신을 가버렸다. 거처를 어디로 옮겼는지, 여섯 마리 아깽이가 모두 무사한지는 알 길이 없었다. 이후 또랑이는 나 대신 손수 배달에 나서기 시작했다. 녀석이 식당을 찾을 때마다 나는 도시락을 챙겨주듯 닭가슴살을 내놓았는데, 그때마다 녀석은 그것을 물고 어디론가 사라졌다. 마을회관까지는 내가 뒤를 밟아

보았으나 그곳을 지나면 용케 나를 따돌리고 모습을 감추었다. 어떤 날에는 하루 예닐곱 번이나 밥 배달을 다녔다. 그게 힘에 부쳤을까.

비가 보슬보슬 내리던 어느 날 또랑이는 다섯 마리 아깽이를 데리고 집 앞으로 왔다. 정확히는 집 앞 둑방 바위틈을 아이들

또랑이는 아깽이들이 기다리는 둑방까지 하루 예닐곱 번이나 음식 배달을 했다.

은신처로 삼았다. 여섯 마리였던 아깽이는 그새 다섯 마리가
되어 있었다. 얼마 전 집중호우로 노랑이 중 한 마리가 무지개
다리를 건넌 듯했다. 한번은 저녁 무렵이었는데, 또랑이가 닭

배달음식을 나눠먹은 아이들은 이제 하나둘 엄마 곁으로 모여든다.

가슴살을 물고 둑방길을 걸어 아이들과 만나는 장면을 넋 놓고
바라본 적이 있다.

또랑이가 둑방에 올라서자 수풀에 은신해 있던 아깽이들이
앙냥냥 시끌벅적 엄마 마중을 나왔다. 어미고양이와 아깽이들
의 그림 같은 둑방길 상봉. 그러나 닭가슴살을 내려놓자마자
곧 아귀다툼이 벌어졌다. 또랑이는 여러 번에 걸쳐 아이들에게

밥 배달을 마치고는 아이고 힘들다 하면서 둑방 한가운데 엎드려 숨을 골랐다. 배달음식을 나눠먹은 아이들은 이제 하나둘 엄마 곁으로 모여들었다. 둑방 너머로는 5월에 심은 모가 한 뼘넘게 자라서 초록색 배경을 이루었고, 이따금 성급하게 고추잠자리도 아깽이 머리 위로 날아다녔다.

식당에 아깽이 데려오기 시작한 또랑이

지루한 장마가 계속되는 동안에도 또랑이는 매일같이 아깽이들을 데리고 식당을 찾아왔다. 맨 처음 또랑이네 아깽이들을 만났을 때만 해도 도랑의 바위틈과 배수구가 녀석들의 집이고 은신처였지만, 본격적인 장마가 시작되면서 또랑이는 도무지 짐작할 수 없는 곳으로 영역을 옮겼더랬다. 그러나 밥 배달의 어려움을 느낀 또랑이는 얼마 지나지 않아 다시금 둑방 바위틈으로 아깽이들을 데려왔다. 게다가 집 앞에 주차한 자동차를 임시 대피소로 삼았다.

아깽이들은 둑방 은신처에 머물다 엄마가 밥 먹으러 갈 때면 조랑조랑 엄마 뒤를 쫓아 자동차 밑까지 따라왔다. 더러 몇몇 녀석은 자동차 밖으로 나와 대문을 기웃거렸고, 소나무 그늘에서 늘어지게 하품을 했다. 그러다 택배가 오거나 내가 대문 가까이 다가가기라도 하면 우르르 자동차 엔진룸에 숨기 바빴다.

문제는 자주 운행하지는 않지만 가끔 차량을 운행할 때면 반드시 보닛을 열고 엔진룸을 살펴야 하고 한참이나 자동차를 두들겨야 한다는 거였다. 보닛을 열어보면 어김없이 엔진룸에서 두세 마리의 아깽이들이 화들짝 놀라 옆집 콩밭이나 개나리 그

늘 밑으로 숨어들었다. 길고양이가 경계심이 많아 나쁠 건 없지만, 매번 보닛을 열고 닫고, 쾅쾅 두들기고 나서 한번 더 보닛을 열었다 닫는 건(이래도 꼭 한 마리쯤은 엔진룸에 다시 올라와 있는 거였다) 여간 번거로운 일이 아니었다.

그나마 녀석들이 경계심을 누그러뜨릴 때는 엄마인 또랑이가 보호자로 옆에 있을 때였다. 그때만은 녀석들이 내가 근처에 있어도 자유롭게 차 주변을 맴돌고 마당까지 올라오곤 했다. 나에 대한 경계심이 거의 없는 또랑이는 일부러 새끼들을 불러내 대문 앞에서 보란듯이 젖을 먹었다. 어쩌면 또랑이는 새끼들에게 저 아저씨는 안심해도 돼(저 아저씨 호구야), 해치지 않아(사진만 찍혀주면 돼), 라고 말하는 것 같았다. 녀석들이 아예 테라스까지 올라오면 굳이 또랑이가 밥 배달을 하지 않아도 되겠지만, 아직은 아깽이들의 배짱이 콩알만했다. 그래서 또랑이는 식당에서 불과 15미터에 불과한 자동차 밑까지 밥 배달을 하곤 했다. 물론 집에서 은신처까지 머나먼 길을, 그것도 마을의 한복판을 통과해 닭가슴살을 물고 가던 고충은 사라졌지만, 배달의 임무는 여전했던 것이다.

또랑이네 아이들이 차 밑 생활에 익숙해지면서 녀석들의 행동에도 조금씩 변화가 생기기 시작했다. 용감한 한두 녀석은 마징가 귀로 주변을 살피며 몰래몰래 급식소 밥그릇까지 와서 밥을 먹기 시작했다. 또랑이도 밥 배달을 끝낼 때가 되었다고

배달부 생활이 힘들었던 또랑이가 드디어 아이들을 데리고 대문 앞까지 진출했다.

여겼는지 테라스에서 애들아 일루 와, 하면서 부쩍 아이들을
부를 때가 많았다. 한번은 아갱이 다섯 마리가 올망졸망 밥그
릇에 모여 밥 먹는 모습을 거실창으로 몰래 엿보았다. 그러나
여전히 경계심 많은 아이들은 테라스에서 밥을 먹다가도 문이
열리는 소리만 나면 혼비백산 차 밑으로 줄행랑을 쳤다.

　예전에 비하면 그래도 장족의 발전이다. 도랑에 살던 녀석들
이 더 먼 곳으로 영역을 옮기더니 이제 차 밑을 베이스캠프 삼
아 식당을 들락거리는 '발전'을 보인 것이다. 아갱이들과 또랑
이, 아이들의 아빠(여포)까지 급식소를 드나들면서 밥그릇에

식당에서 과식을 한 아이들은 길에서 뒹굴거리며 시간을 보냈다.

내놓는 사료와 간식의 양도 부쩍 늘었다. 아침나절 두 개의 프라이팬에 사료를 가득 부어놓아도 오후에는 어김없이 밥그릇이 바닥을 드러냈다. 원래 이 바닥이 그런 거지만, 너희들을 위해서라도 나는 좀더 허리띠를 졸라매야겠구나!

아깽이들, 마당을 접수하다

또랑이네 아이들은 이제 엄마가
없는 시간에도 자유롭게 식당을
출입하고 있다. 녀석들 뱃구레가
커지면서 하루에도 서너 번씩 밥
그릇을 비우고 간다. 거실 문 여는
소리에도 혼비백산하던 아이들은
이제 슬슬 동정을 살피며 경계심
과 호기심 사이를 오가고 있다. 밥
그릇에 사료를 그득 채우고 닭가
슴살까지 고명으로 얹어주는 식
당 주인이 누구인지 녀석들도 알
게 된 것이다. 내가 마당으로 내려
서면 녀석들은 테라스 아래서 별
같은 눈을 반짝거리며 나를 살핀
다. 양손에 사료나 간식을 들고 있
으면 스스럼없이 다가오기까지
한다.

녀석들은 테라스 아래서 별 같은 눈을 반짝거리며 나를 살핀다.

마당을 접수한 아이들은 이제 마당놀이를 하며 내 눈치 따위 살피지 않는다.

한두 번 얼굴을 익히고 인사를 하자 녀석들은 점점 대담해졌
다. 내가 마당에서 빨래를 널거나 텃밭에 잡초를 뽑고 있어도
녀석들은 개의치 않고 밥을 먹었다. 심지어 내가 테라스에서
분리수거를 하고 있는데도 마당에서 저희들끼리 우얏호 우다
다를 선보였다. 그렇게 또랑이네 아이들은 식당의 어엿한 단골
이자 VIP가 되었다. 내가 보는 앞에서 우다다를 한다는 것 자
체가 나를 그만큼 신뢰한다는 거니까 나는 공연히 뿌듯해졌다.
  길고양이의 우다다를 목격한 분들은 알겠지만, 녀석들의 우
다다는 집고양이의 그것과는 사뭇 다르다. 집고양이가 기껏 선

반이나 가구 위를 오르내리는 게 전부라면, 길고
양이의 우다다는 훨씬 스펙터클하고 다이내믹하
다. 가령 두세 마리 고양이가 경주를 벌이듯 달리
다가 느닷없이 소나무를 타고 오르는가 하면, 마
당 이쪽 끝과 저쪽 끝에서 서로 달려와 마치 트램
펄린에서 점프하듯 공중곡예를 선보인다. 일종
의 싸움놀이를 곁들이는 것이다. 가끔은 태껸 자
세를 선보이는가 하면 각본에 없는 쿵푸와 레슬
링으로 종목을 바꾸기도 한다.

  내가 '마당놀이'라고 이름 붙인 녀석들의 우다
다는 주로 밥을 먹고 난 직후 혹은 화장실(또랑이
네 아이들이 이웃집 텃밭을 파헤치지 못하도록 나
는 마당과 텃밭 세 곳에 따로 흙을 일구고 모래를
섞어 화장실을 만들어주었다. 다행히 또랑이네 식
구들은 내가 만든 화장실을 애용했다)을 다녀온
직후 20~30여 분간만 볼 수 있는 리미티드 공연이다. 내가 고
양이 사진을 찍을 때 가장 공들이는 시간도 바로 이때다. 또랑
이네 아이들은 이제 내가 옆에 있건 없건 상관없이 장난치고
놀았다. 가끔은 익기 시작한 방울토마토를 따서 드리블을 하고
호박에 줄을 긋기도 하지만, 뭐 그 정도는 비싼 우다다 관람료
에 비하면 아무것도 아니다.

나에게 힘내서 사료 값을 벌어오라는 승리의 V 퍼포먼스.

나는 진정으로 놀 줄 아는 녀석들에게 이름표도 하나씩 달아
주었다. 텃밭 호박에 줄을 그어놓는, 장난기 다분한 삼색이는
콩이(그냥 콩처럼 생겨서), 콩이보다 장난도 심하고 호기심도
더한 노랑이는 꽈리(수시로 텃밭의 꽈리고추를 따놓음), 아깽이
들 중 가장 소심하고 겁이 많은 얼룩고양이 깨비(셔터를 누를

때마다 도깨비처럼 사라져버림), 무리의 골목대장 노릇을 하는 전형적인 노랑이 뜰이(엄마 외모를 가장 많이 닮음), 이 구역의 귀여움을 담당하고 있는 막내 노랑이 방울이(취미는 방울토마토 따서 드리블하기).

집에서 가까운 도랑에서 처음 만난 조막만한 녀석들. 내가 던져준 경단밥을 먹다가 도랑가 돌 틈으로 숨던 녀석들. 장마가 시작되면서 또랑이가 아이들을 데리고 영역을 옮겨 한동안 안 보이던 녀석들. 어느 날부턴가 엄마가 데리고 와서 차 밑에 두고 닭가슴살을 배달해 먹이던 녀석들. 그런 녀석들이 지금은 어엿한 식당 단골이 되어서 마당을 접수하고 내 마음까지 접수하고 만 것이다.

무럭무럭 자라는 축구 꿈나무

더운 날씨가 조금 누그러들면서 또랑이네 아이들의 마당놀이
는 점점 신명을 더하고 있다. 밥 먹고 나서 우다다를 하는 것은
매일 반복되는 통과의례나 다름없고, 소나무 오르내리기도 하
루 일과가 되었다. 마당과 텃밭에 엄폐물이 많다보니 숨바꼭질
도 빠지지 않는다. 콩밭에 몸을 숨겼다가 지나가는 고양이를
향해 미사일처럼 슝 날아들기, 텃밭 화장실에서 일을 보고 나
오는 고양이 와락 놀라게 하기, 소나무 위에서 납작 엎드려 있
다가 그 앞을 지나는 고양이를 향해 뛰어내리기, 그냥 이유 없
이 다짜고짜 점프하며 위협하기 등등. 이 녀석들 정말 창조적
으로 숨바꼭질을 한다.

　엄마 또랑이가 육묘에 지쳐 잔디밭에서 쉬고 있을 때면 어김
없이 엄마 꼬리를 노리는 녀석도 있다. 막내인 방울이가 상습
범인데, 엄마는 귀찮아 죽을 지경이다. 싸움놀이와 사냥놀이는
실전에 대비한 필수 교양과목이다. 분명 장난으로 시작한 싸움
놀이인데, 진짜 싸움이 될 때가 한두 번이 아니다. 그러면서 자
연스럽게 서열이 정해지는 거겠지만. 그 많은 놀이 가운데서도
또랑이네 아이들이 가장 즐겨 하는 놀이는 바로 이것이다. 축구.

고양이에겐 타고난 드리블 본능이 있다. 배불리 밥을 먹고 난 고양이가 남은 사료 한 알로 드리블을 하는가 하면, 마당에 떨어진 대추나 도토리를 가지고도 서로 빼앗기 놀이를 한다. 사실 길고양이의 이런 놀이는 집고양이가 볼이나 쥐돌이를 가지고 노는 것과 다르지 않다. 또랑이네 아이들 중에선 첫째인 뚤이(노랑이)와 호기심 많은 콩이(삼색이), 막내인 방울이(노랑이)가 특히 축구를 좋아한다. 사실 막내인 방울이의 이름도 방울토마토를 가지고 자주 드리블 놀이를 한다고 붙인 이름이다. 하루는 방울이가 우리집 텃밭에서 순전히 드리블을 위해 방울토마토를 서리하는 걸 목격한 적이 있다. 더 두었다가는 혹시 남의 집 텃밭에도 피해를 끼칠까, 나는 집안에 있던 노란 테니스공을 마당에 던져주었다. 반응은 정말 뜨겁다못해 열광적이었다.

이 녀석들 현란한 개인기로
수비수 한두 마리쯤 제치는 것은 일도 아니다.

우선 첫째인 똘이 녀석이 현란한 개인기로 공을 몰고 다녔다. 녀석은 볼 키핑력도 좋고, 헛다리 짚기나 드리블 실력도 좋아서 수비수 한두 마리쯤 제치는 것은 일도 아니었다. 반면 콩이는 태클 능력이 뛰어나서 똘이가 드리블하는 공을 반박자 빠른 태클로 낚아채곤 했다. 문제는 콩이가 공을 낚아채기 위해 반칙도 서슴지 않는다는 거였다. 주심이 안 볼 때 다리를 거는 것은 기본이요, 옆구리를 가격하거나 슛을 시도하는 스트라이커의 눈을 가리기도 했다.

축구 실력으로는 막내인 방울이가 후보에도 들지 못할 정도로 뒤처졌는데, 열정만은 동네 최고였다. 호날두가 가끔 선보이는 어려운 기술 중 하나인 마르세유 턴(상대방을 등진 상태에서 공을 살짝 띄워 재빨리 몸을 돌리면서 슛을 하는 모션)을 부단히 연습하는가 하면, 실력이 뛰어난 똘이에 맞서 공을 깔고 드러눕는 일명 침대축구로 시간을 끌기도 했다. 꽈리와 깨비는 대체로 관중석에 앉아 응원은커녕 꾸벅꾸벅 졸기 일쑤였는데, 원래 후보 멤버라는 게 다 저런 과정을 거쳐 주전이 되는 것이렷다.

어쨌든 테니스공을 내놓은 뒤로 방울토마토의 수난은 끝이 났고, 마당의 잔디밭은 축구장으로 변했으며, 나는 테라스 관중석에 앉아서 "힘내라, 방울이!"를 외치며 편파 응원을 보내곤 했다. 솔직히 국가대표 축구보다 애네들 축구가 훨씬 더 재

축구를 하다 말고 갑자기 잔디밭에서 난투극을 벌이는 녀석들.

미있고 박진감 넘친다. 가끔 엄청난 무공을 지닌 소림축구단을 보는 것 같기도 하고 말이지. 어차피 이 녀석들에게는 어이없이 지는 경기가 없어서 좋다. 경기를 보며 혈압을 올릴 일도 없다. 이렇게 시골 한구석의 축구 꿈나무들은 무럭무럭 자라서 자랑스러운 고양이 축구의 위상을 한껏 드높일 것이다.

고양이 게스트하우스

집 근처 도랑에서 또랑이네 아이들을 만난 지도 3개월이 넘었다. 눈이 파랗고 조막만했던 아이들은 어느새 캣초딩이 다 되었다. 이 녀석들은 비가 오는 날이면 어미와 함께 현관 앞을 임시 대피소로 삼았다. 에너지가 넘치는 아깽이들인지라 잠시 비를 피해 앉아 있던 녀석들은 툭하면 그곳에서 우다다와 싸움장난을 벌였다. 계단을 뛰어오르고 사료 포대를 타넘으며 녀석들은 현관 앞을 거의 자신들의 놀이터이자 아지트로 여겼다.

현관을 '냥장판'으로 만드는 게 못내 미안한 어미 또랑이는 나의 눈치를 살피며 연신 아이들에게 주의를 주지만, 아랑곳없이 아이들은 그런 엄마에게 달려들어 꼬리를 물고 등짝에 올라타 장난을 걸었다. 결국 엄마는 모든 걸 포기하고, 테라스 밑으로 자리를 옮기곤 했다. 그럼 또 아깽이들은 저희들끼리 신이 나서 하하호호 야옹야옹 현관 앞을 아수라장으로 만들었다.

날씨가 화창하고 바람까지 살랑살랑 부는 날이면 녀석들은 테라스 계단을 게스트하우스로 삼았다. 손님이라고 해봐야 또랑이네 여섯 식구가 고작이지만, 한 칸에 한 마리씩 계단을 차지한 녀석들은 단체로 그곳에서 낮잠을 자거나 몸단장을 했다.

테라스 계단을 게스트하우스로 삼아 낮잠을 자는 또랑이네 식구들.

찬바람이 불기 시작한 어느 가을날이었다. 또랑이네 식구들이 단체로 햇살이 좋은 테라스 계단에서 해바라기(일광욕)를 하고 있었다. 햇살에 노글노글해진 고양이들은 저마다 계단 한 칸씩을 차지하고 까무룩 낮잠에 빠져들었다. 다층침대가 놓인 도미토리(공동침실) 숙소에서 저마다 곤하게 늘어진 손님들! 멀리서 그 모양을 지켜보노라니 마치 젖은 고양이를 층층이 널어 말리는 것만 같았다.

세상은 온통 시끄럽고, 마당 앞은 포클레인과 집 짓는 소리로 요란한데, 평화란 지금 이 순간 바로 여기에만 존재하는 것 같았다. 이 녀석들, 자는 모양도 제각각이다. 팔베개하고 자는 냥, 엎어져서 자는 냥, 대大자로 누워 자는 냥, 반죽처럼 흘러내리며 자는 냥, 자면서도 먹는 꿈을 꾸는 냥, 지 맘대로 자는 냥…… "고등어가 왔어요. 생물 오징어가 왔어요~" 생선장수 앰프 소리에 잠깐 눈을 뜬 고양이는 이게 뭔 소리여, 하면서 또 잔다. 자는 모습이 천차만별이어서 나는 가만가만 카메라를 꺼내와 연신 셔터를 누르는데, 이건 또 뭔 소리여, 하면서 도로 잔다. 그래, 오늘의 숙박비는 너희들 사진만으로 이미 차고 넘치니 저녁엔 고등어캔으로 거스름돈을 대신하마.

한데 이 녀석들, 아무리 여기가 편한 숙소여도 그렇지, 저렇게 무장해제한 채 나 몰라라 자도 되나, 라고 생각하던 차에 뜻하지 않은 훼방꾼이 나타났다. 실컷 자고 일어난 '깨비'(회갈색

얼룩이)가 숙소를 휘젓고 다니며 투숙객들의 단잠을 깨우는 거였다. 한참 소란을 피워도 다른 투숙객들이 꿈쩍도 하지 않자 다짜고짜 만만한 고양이 멱살을 잡는가 하면 밀어내고 뺨까지 때려가며 난동을 부렸다. 업어가도 모를 정도로 곤히 자던 방울이(노랑이)와 똘이(노랑이)는 마른하늘 날벼락처럼 느닷없는 깨비의 공격을 받고 비몽사몽 깨어났다. 그러나 깨비 녀석은 잠을 깨운 것만으로는 성에 차지 않는 모양이었다. 일부러 싸움을 걸고, 계단에서 밀어버리고, 넘어뜨리면서 기어이 도미토리를 아수라장으로 만들었다.

　잠시 후 깨비가 왜 그런 만행을 저질렀는지 그 이유가 밝혀

졌다. 계단에서 자고 있던 식구들을 하나하
나 쫓아내고, 마지막까지 남아 있던 콩이(삼
색이)마저 계단 밖으로 밀어낸 깨비는 드디
어 승리자의 포효를 하며 계단에 발라당 누
웠다. 이 넓은 계단을 독차지하려는 음모가
있었던 것이다. 넓은 침대에 혼자 드러누워
녀석은 중얼거렸을 것이다. "역쉬 나는 도미
토리보단 독방 체질이란 말야. 아 좋다, 좋
아!"

　근데 참 미스터리한 것은 아침부터 저녁까
지 내내 급식소에 머물던 또랑이네 식구들도
밤이 되면 모두 자신들의 거처로 돌아간다는
것이다. 그냥 이곳에 머물러 마당고양이로
살아도 좋을 텐데, 녀석들은 밤이면 퇴근하
고 아침 일찍 출근하는 일상을 고수했다. 아
마도 한밤중에는 급식소에 다른 손님들이 들락거리니 공연한
분쟁을 일으키지 않으려는 행동인 것만 같았다. 실제로 급식소
를 찾는 다른 고양이들도 낮에는 또랑이네 식구들을 위해 양보
하고 밤에만 찾아오는 듯했다. 알 수 없는 고양이들의 오묘한
세계!

투숙객들의 단잠을 깨우며 숙소를 아수라장으로 만든 훼방꾼 깨비.

가을을 즐기는 고양이들

고양이도 살찐다는 천고묘비의 계절, 가을이다. 논자락엔 누렇게 벼가 익어가고, 길가엔 코스모스와 산국이 한창이다. 파란 하늘 아래 산도 들도 고양이도 온통 가을빛이다. 햇볕은 적당하고 바람은 시원해서 또랑이네 아이들도 코를 벌름거리며 집 앞 진입로와 둑방길에 나와서 가을 날씨를 누리고 있다. 아무래도 진입로에서 녀석들이 놀면 사람들 눈에 띄어 혹시라도 해코지를 당하지 않을까 언제나 노심초사지만, 아랑곳없이 녀석들은 우다다 도로를 내달리고 풀쩍풀쩍 풀포기 위를 날아다녔다.

여름을 나는 동안 또랑이네 아이들도 부쩍 자랐다. 녀석들이 태어난 지도 4개월이 넘었으니 어떤 녀석은 어미인 또랑이만큼이나 컸다. 하지만 여전히 녀석들은 어미를 만나면 꼬물이 시절처럼 어리광을 부린다. 어미 앞에선 더 용감하게 싸움장난을 치고 더 씩씩하게 우다다 실전에 나선다. 녀석들은 내가 들고 있는 카메라에 대한 거부감도 거의 사라져 카메라가 있건 없건 개의치 않고 지들 하고 싶은 걸 다 한다.

도로에 드러누워 발라당하는 녀석, 그루밍 삼매경에 빠져 카메라가 1미터 앞에 있는지도 모르는 녀석, 저희들끼리 우다다

"내가 맘만 먹으면 날 수도 있지만, 지금은 배가 불러 못 나는 것뿐이야!"

를 하다가 내 앞에서 급정거를 하는 녀석, 뜬금없이 방아깨비 사냥하는 녀석, 됐고 잠이나 자자는 녀석. 어미인 또랑이는 심지어 나를 앞에 두고 한 녀석에게 '캔따개 유혹하는 법' 실전 강의까지 선보였다. 모처럼 한산했던 진입로는 어느새 고양이가 북적거리는 '고양이 로드'가 돼버렸다.

몇몇 녀석은 둑방길로 내려가 황금빛으로 익어가는 벼를 바

라보며 "아이고 올해도 풍년이구
면!" "우리가 오며 가며 살폈더니
이렇게 잘됐네." "추수하면 쌀밥에
고깃국 좀 얻어먹을 수 있으려나?"
옹냥옹냥 한마디씩 거들며 흐뭇하
게 들판을 바라본다. 그러나 녀석
들이 이렇게 조용히 풍경 감상이나
하고 있을 때가 아닌 것이다. 좀이
쑤시기 시작한 녀석들은 풍년이고
뭐고 둑방길에서 장난을 치기 시작
했다. 둑방 이쪽 끝에서 저쪽 끝까
지 신나게 우다다를 하는 건 기본
이요, 벌써 파트너를 정해 싸움놀
이를 시작한 커플도 있다. 하지만
녀석들에게 싸움의 상대는 아무런
의미가 없다. 분명 이 녀석과 싸우
던 상대가 어느새 다른 녀석과 멱

살잡이를 하고 있고, 멱살이 잡힌 녀석은 또 어느새 다른 녀석
과 씨름을 하고 있다. 물고 물리는, 얽히고설킨 격렬한 놀이는
거의 한 시간 가까이 계속되었다.

　사실 지금 또랑이네 아이들이 왁자하게 놀고 있는 이 둑방은

"아이고 우리가 오며 가며 살폈더니 올해도 풍년이구먼!"

사연도 많은 곳이다. 과거 이 동네로 이사와서 내가 처음으로 사귄 '바람이'라는 고양이가 늘 오가던 곳이고, 결국 세상을 떠나 마지막으로 묻힌 곳이기도 하다. 이후에는 독거노인의 보디가드 고양이였던 '달타냥'이 수시로 밥 먹으러 오던 길목이기도 하다. 두 고양이는 우리 동네 고양이의 전설로 남았지만, 이후에도 이 둑방은 무수한 고양이들의 발자국이 새겨진 성지가 되었다.

또랑이네 아이들의 놀이는 하늘이 누렇게 물드는 황혼 무렵까지 이어졌다. 모기에 물려가며 사진을 찍던 내가 먼저 지쳐서 철수를 한 뒤에야 녀석들도 놀이를 끝내고 우르르 급식소로 몰려왔다. 아니 혹시 이 녀석들, 그동안 내가 밥과 간식을 준 것이 고마워 사진 모델을 자청한 걸까? 요란법석 둑방을 놀이터로 만들다가 카메라를 거두자마자 동작을 멈추고 급식소로 돌아오는 것을 보면 "아이고 저 양반 우리 사진 찍어서 먹고사는 거 같은데, 우리가 모델 좀 해줍시다."(얘들아! 근데 너네들 사진만 찍어서는 못 먹고살아.) 뭐 그런 건가?

안녕, 또랑이네 가족은 고마웠어요

또랑이로 말할 것 같으면 지난겨울 이 구역의 대장인 '여포'가 처음 테라스 급식소에 데려온 녀석이다. 당시만 해도 또랑이는 쭈뼛쭈뼛 꿰다놓은 보릿자루처럼 앉았다가 뒤늦게 눈치를 보며 밥을 먹고는 서둘러 사라지곤 했다. 그랬던 녀석이 봄이 되면서 넉살 좋게 테라스에 머물며 이따금 간식을 내오라고 이야옹거렸다. 엄마가 된다는 것이 꿰다놓은 보릿자루를 넉살 좋은 고양이로 변화시킨 것이다.

또랑이는 육묘기간 중 대부분의 낮시간을 우리집에서 보내곤 했다. 아깽이들도 뱃구레가 커지면서 우리집을 구내식당으로 삼았다. 아침에 일어나 마당으로 나가면 언제나 녀석들이 있었다. 외출에서 돌아와 마당으로 들어서도 언제나 녀석들이 반겨주었다. 급기야 녀석들은 나를 의식하지도 않고 저희들끼리 마당과 테라스에서 장난을 치고, 제멋대로 호박에 줄을 긋고, 방울토마토를 따 드리블을 일삼았다. 더러 또랑이가 장난이 심한 아깽이들로 인해 내 눈치를 살필 때도 있었지만, 대체로 "애들이 다 그렇잖아요" 하면서 나에게 이해를 구했다.

그런데 가을이 한창일 무렵, 뭔가 분위기가 달라지기 시작했다. 아이들을 위해 하루에도 대여섯 번씩 먹이를 물어 나르던 엄마의 표상, 또랑이가 아이들에게 하악질을 하기 시작한 것이다. 심지어 아이들이 가까이 오면 매몰차게 내쫓고 밥도 같이 먹으려 하지 않았다. 어떤 날은 아이들을 버려두고 하루종일 밖으로 떠돌았다. 당연히 식당을 찾는 시간도 줄어들어 점점 얼굴 보기가 힘들 정도였다.

갑자기 돌변한 엄마의 태도에 아깽이들은 영문을 몰라 어리둥절해했다. 어리광이 가장 심했던 막내 방울이는 믿을 수 없다는 듯 엄마를 원망했다. 거의 보름간은 그런 냉랭한 공기가 감돌았던 것 같다. 아, 드디어 아깽이 독립의 시기가 된 건가? 결국 올 것이 왔다. 어느 날인가, 아침에 나가보니 북적거려야 할 마당이 횅했다. 누굴 탓할 수도, 되돌릴 수도 없었다. 그건 길고양이 세계에서 자연스러운 일이고, 불가피한 결단인 것이다.

처음 며칠은 방울이와 깨비만 간간 얼굴을 보였고, 다른 아이들은 아예 보이지 않았다. 그리고 며칠 뒤에는 방울이마저 급식소를 떠나고 깨비만 남았다. 설마 아주 떠나기야 하겠어, 언젠가 배고프면 다시 찾아오겠지. 하지만 아무리 기다려도 녀석들은 나타나지 않았다. 아이들을 떠나보낸 또랑이만 한밤중이나 새벽에 홀쩍 다녀가곤 했다. 무리 중에 홀로 남은 깨비도

어쩌다 한번 긴장된 얼굴로 식당에 왔다간 쫓기듯 떠났다.

또랑이네 아이들이 떠나자 이곳에는 이제 낯선 턱시도 한 마리와 샴고양이가 종종 식당을 찾고 있다. 대장고양이 여포도 여전히 건재하다. 사실 길고양이는 생후 3~5개월 사이에 독립을 시키는 것이 길 위의 법칙이고 질서라고는 하지만, 이렇게 예고도 없이 떠날 줄은 생각도 못했다. 어쩌면 또랑이 입장에서는 아이들을 5개월 넘게 끼고 있었으니, 일반적인 독립의 시기를 넘긴 것인지도 모른다. 정들자 이별이라고, 이런 이별

길고양이는 생후 3~5개월 사이에 독립을 시키는 것이 길 위의 법칙이고 질서지만,
언제나 예고 없는 이별 앞에선 마음이 아플 수밖에 없다.

은 언제나 마음이 편치 않다. 그러잖아도 내가 사는 지역은 툭
하면 텃밭에 쥐약을 놓는 곳이라 그게 늘 걱정이다. 아, 녀석들.
간다면 간다고 말이라도 하고 가지. 그곳이 어디든 오래오래
살아남아라. 그리고 배고프면 언제든 돌아오너라. 오늘따라 날
이 참 쌀쌀하구나!

하트땅콩

처음 시골에 이사왔을 때만 해도 집 앞은 대부분 논이고 밭이
었다. 그러나 6~7년 지나면서 모든 논은 택지로 바뀌었고, 전
원주택이 들어서기 시작했다. 주변의 산비탈과 밭에도 어느새
전원주택과 공동주택이 난립하면서 마을은 점점 공사장으로
변해갔다. 처음 몇 년간 여름이면 만날 수 있었던 반딧불이는
사라졌고, 곳곳에서 서라운드로 울려퍼지던 맹꽁이 울음소리
도 조금씩 잦아들었다.

사방에 전원주택이 들어서면서 외출고양이인지 유기묘인지
알 수 없는 고양이들이 종종 식당을 드나들었다. 단풍이 끝물
인 어느 가을날이었다. 밖에서 고양이 싸우는 소리가 들려 급
히 나가보니 고양이는 안 보이고, 산비탈 낙엽송에 엄청 커다
란 다람쥐가 한 마리 매달려 있었다. 엇, 원근법을 무시한 다람
쥐잖아! 그런데 좀더 가까이 다가가 살펴보니 고양이였다. 그
것도 가을바람이 불면서 단골로 찾아오는 샴고양이였다. 산 아
래쪽엔 대장고양이 여포가 씩씩거리며 앉아 있다가 나와 눈이
마주치자 아무 일도 없었다는 듯 마당으로 올라왔다.

아마도 여포의 눈엔 새로 등장한 신참 고양이가 눈에 거슬

가을부터 식당을 찾기 시작한 신참 고양이.

렸던 모양이다. 아직 이곳의 질서와 규칙을 모르는 신참으로
선 자신이 왜 쫓겨야 하는지 납득되지 않을 것이다. 그러니까
저분이 대장이고, 대장이 나타나면 미리 알아서 자리를 비켜줘
야 해. 아니면 맞장을 떠야 하는데, 네가 감당할 수 있겠니? 샴
고양이는 억울한 표정으로 한참이나 낙엽송에 다람쥐처럼 붙
어 있다가 내려왔다. 그런데 이 녀석 눈치도 없이 대장이 식사
를 하고 있는데도 기어이 마당으로 올라와 기웃거리는 거였다.
　그것이 밥을 먹던 여포의 심기를 건드렸을까. 여유 있게 캔
밥을 즐기던 여포가 밥상을 박차고 마당으로 뛰어내려갔다. 잠

시 어리둥절해하던 신참 녀석은 꽁지가 빠져라 마을회관 쪽으로 줄행랑을 쳤다. 아이고, 신참 녀석아! 분위기 파악 좀 하자. 이튿날 녀석은 대장이 없는 틈을 타 식당을 찾았다. 최근에 여러 번 낯을 익혔다고 이 녀석, 테라스로 올라와 다짜고짜 알은체를 했다. 다리에 얼굴을 비비고, 내 손에 목덜미를 맡기며 '쓰다듬'까지 요구했다. 인간에게 목덜미 좀 맡겨본 솜씨였다.

녀석은 사료에는 입도 안 대고 캔과 닭가슴살만 넙죽넙죽 받아먹었다. 길냥이용 사료는 쳐다보지도 않는 것을 보면 외출 고양이일 가능성이 높았다. 이후에도 녀석은 2~3일에 한 번은 꼭 식당을 찾아 간식을 먹고 갔다. 녀석의 발길은 겨울까지 이어졌다. 그리고 폭설이 내린 다음날 나는 녀석에게서 엄청 사랑스러운 무언가를 발견했다. 간식을 다 먹고 마을회관 쪽으로 걸어가는데, 달랑거리는 녀석의 땅콩이 정확히 하트 모양이었던 거다. 게다가 하얀 털로 뒤덮인 엉덩이에서 하트땅콩만 갈색으로 빛나고 있었다. 이런 건 찍어야 해. 곧바로 나는 카메라를 가지고 나와 녀석의 뒷모습을 찍기 시작했다. 그동안 간식을 챙겨준 노고에 보답이라도 하듯 녀석은 꼬리까지 치켜올리며 촬영에 적극 협조했다. 완벽한 하트땅콩. 마치 녀석은 나에게 인사라도 하는 것처럼 보였다. "오늘도 알찬 하루 보내세요!"

봄이 되면서 하트땅콩의 발길은 뜸해졌고, 벚꽃 필 무렵에는

완벽한 하트땅콩. "오늘도 알찬 하루 보내세요!"

아예 발길을 끊었다. 텃밭 농사가 시작되는 봄이면 고양이가 위험해진다는 것을 집사도 알았던 것일까. 부디 그래서 외출을 금지한 거였으면 좋겠다. 가을부터 이듬해 초봄까지, 짧은 기간에 다녀간 녀석이지만 존재감만은 확실하게 어필했던 고양이. 그래, 너도 매일매일 알찬 하루 보내기 바란다.

3부

○

시간은 고양이가
걷는 속도로 흘러간다

뜬금없이 나타난 아비시니안

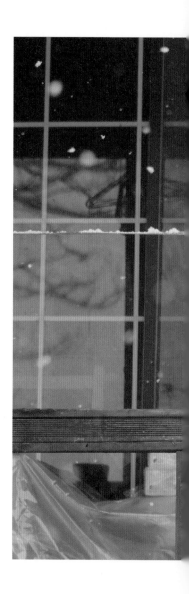

또랑이네 가족이 떠나고 나서 구름
이네 식당은 한동안 심심할 정도로
조용했다. 단골이라고 해봐야 대장
여포와 그의 단짝인 순덕이가 고작
이었다. 어쩌다 한 번씩 나그네 고
양이들이 드나들긴 했지만, 뜨내기
손님일 뿐이었다. 그러던 어느 초겨
울(2018년 11월), 처음 보는 아비시
니안 고양이가 테라스에 앉아 있었
다. 녀석은 우아하고 기품 있는 여
왕의 자세로 식사할 때마저 품격을
잃지 않았다. 어랏, 이런 시골에 웬
아비시니안! 게다가 녀석은 사료는
입에도 안 대고 오로지 캔과 닭가슴
살에만 반응을 보였다. 어디선가 여
기보다 맛난 사료를 내놓는 곳이 있
다는 얘기다. 최소한 외출고양이거

초겨울에 처음 나타난 아비시니안. 이듬해부터 식당의 최고 단골손님이 되었다.

나 마당고양이라고 추정할 수 있는 근거이기도 했다.

처음 한두 번은 거실 창으로 녀석을 지켜보기만 했다. 그러다 하루는 용기를 내어 닭가슴살을 들고 문을 열었다. 화들짝 놀라서 도망을 가야 정상이건만 녀석은 움찔 뒤로 서너 발자국 물러서더니 나의 동태를 살폈다. 내가 닭가슴살을 그릇에 내려놓자 '자네인가? 이 식당의 주인이' 하는 반응이었다. 그렇다고 딱히 경계심을 풀고 가까이 다가와 잘 부탁한다며 자신을 어필하지도 않았다. 녀석은 쿨하게 간식만 챙겨먹고는 쌩하고 사라졌다. 그날 이후 녀석은 식당에 자주 발도장을 찍었다.

나는 단골로 드나드는 아비시니안을 줄여서 그냥 아비라고 불렀다. 암컷임에도 아비라고 부르다보니 아비도 '아, 저 사람은 나를 아비라고 부르는구나!' 하면서 아비라는 호칭에 자연스럽게 반응했다. 수십 미터 거리에서도 내가 "아비~!" 하고 부르면 녀석은 무조건 달려왔다. 하지만 아비는 쉽사리 목덜미를 내주는 성격이 아니었다. 거의 6개월 이상 묵묵히 간식을 내주었더니 '그 정성이 갸륵하다'며 드디어 내 가랑이에 볼을 비비며 쓰다듬을 허락했다.

아비가 이곳을 드나들기 시작하고 두번째 겨울이 되면서부터는 녀석이 최고의 단골로 등극했다. 여포나 순덕이보다 더 자주 식당을 이용했고, 더 오래 이곳에 머물렀다. 1년 전만 해도

간식만 챙겨먹고 쌩하니 가버리더니 이제는 두어 시
간 테라스와 마당에 머물다 나와 꼭 한 번은 눈인사
를 나누고, 쓰다듬을 당한 뒤에야 이곳을 떠났다. 사
실 1년 전만 해도 아비와 여포의 사이는 썩 좋은 편
이 아니었다. 녀석은 테라스에서 휴식을 취하다가도
여포가 나타나면 부리나케 자리를 뜨곤 했다. 같은
암컷인 순덕이와는 더욱 사이가 안 좋았다. 이름과 달리 순덕
이는 다른 암컷 고양이들에겐 언제나 독하게 굴었다.

  그런데 두번째 겨울이 되면서 아비는 여포를 보고도 도망은
커녕 가까이 다가가 눈인사를 나누었다. 그것이 여포의 매력
때문인지, 권력 때문인지는 알 수가 없다. 여포는 순덕이와 둘
도 없는 단짝으로 지내면서도 종종 아비와 다정하게 식사를 즐
기곤 했다. 사실 집고양이 출신의 품종 고양이가 길 위에서 두

단골로 드나드는 아비시니안을 줄여 아비라고 불렀더니
암컷임에도 이름이 '아비'가 되었다.

번의 겨울을 보낸다는 것은 쉽지 않은 일이다. 산전수전 다 겪
은 길고양이들의 텃세와 혹독한 겨울 추위와 폭설, 지독한 여
름 장마와 폭염을 다 견뎌야 하기 때문이다. 설령 아비가 누군
가의 보살핌을 받는 마당고양이라고 해도 녀석은 정말 훌륭하
게 길 위의 날들을 살아내고 있는 것이다.

속전속결 정권교체

2016년 봄에 이곳에 온 여포는 그해 가을 대장 자리에 등극해 벌써 3년 넘게 장기집권을 이어오고 있다. 여포는 식당을 기웃거리는 수컷 고양이들에겐 포악한 왕초였지만, 암컷들에겐 한없이 다정한 오빠였다. 유리걸식하던 또랑이를 맨 처음 식당에 데려온 것도 여포였다. 녀석은 고양이계의 다른 아빠와 달리 육아에도 적극 참여해왔는데, 육묘에 지친 또랑이 대신 아이들과 놀아주고 함께 시간을 보낸 적도 여러 번이다.

여포에겐 조강지처인 순덕이가 있었지만, 아비와의 사이도 각별했다. 식당에서 함께 밥을 먹고 테라스에 나란히 누워 낮잠을 자기도 했다. 내가 기억하는 여포의 가장 강렬한 순간은 2018년 가을쯤으로 거슬러올라간다. 밤새 돌풍이 부는 바람에 마당이 온통 붉은 단풍으로 뒤덮여 있었는데, 여포가 그 속에서 밥을 먹고 있었던 것이다. 사실 단풍나무 아래 둔 밥그릇은 뜨내기 고양이들이나 먹고 가라고 임시로 놓아둔 밥그릇이었다. 여포와 같은 단골손님을 위한 밥그릇은 테라스에 따로 있었다. 하지만 녀석은 굳이 단풍나무 밑으로 내려가 밥을 먹었다. 급히 먹다 체하지 말라고 단풍나무가 띄워놓은 단풍잎을

빠, 빨간 맛! 야외식당에 밤새 붉은 단풍이 내렸다.

들추며 기어이 낭만적인 식사를 해야
겠다는 여포 녀석. 하필 카메라 수리를
맡겨놓은 상태여서 나는 휴대폰으로
대충 몇 컷의 사진을 찍긴 했지만, 현
실로 보았던 감동에는 미치지 못했다.

　사실 지난 3년 6개월간 여포 정권은
공고했다. 대장 자리를 놓고 해마다
격렬한 싸움이 있었을 텐데, 그걸 3년
넘게 지켜낸 것만으로도 여포는 전설
이라 할 만하다. 그러나 길고양이 세
계에서 영원한 권력은 존재하지 않는
다. 2020년 초부터 어디서 왔는지 모
르는 화려한 젖소무늬 고양이가 집 앞
을 어슬렁거렸다. 한눈에 보기에도 최
상위 레벨의 고양이로 보였다. 무엇보
다 녀석은 혈기 방장한 젊은 고양이였
다. 처음 이곳을 장악했던 시절의 여포보다 더 젊고 강해 보이
는 고양이였다.

　그렇게 외부에서 흘러들어온 젊고 강한 젖소냥이는 속전속
결로 장기집권중인 여포의 자리를 빼앗아버렸다. 정확히 3년
6개월 만의 정권교체인 것이다. 권력 교체기에 흔히 들려오는

3년 6개월간 대장 자리를 지키던 여포를 물리치고
새로 대장의 자리에 오른 짜장이.

싸움의 소리도 거의 없었다. 처음 보자마자 '짜장'이라고 불렀
던 녀석은 그렇게 '왕짜장'이 되었다. 새로운 대장의 새로운 시
대가 열린 것이다. 그동안 여포와의 관계를 생각하면 당연히

여포에게 응원을 보내고 싶지만, 그건 내가 간섭할 수 없는 영역의 문제였다.

　싸움에 진 여포는 순순히 정권을 이양하고 지친 노구를 이끌며 떠났다. 이후 다시는 여포를 볼 수 없을 줄 알았다. 녀석이 다시 이곳에 나타난 것은 대장에서 물러난 뒤 두 달여가 지나서였다. 여포답지 않게 녀석은 식당에 몰래 와서 허겁지겁 눈칫밥을 먹고는 서둘러 떠나곤 했다. 녀석 또한 쿨하게 떠나고 싶었겠지만, 배고픔 앞에선 신사답게 행동하기가 어려운 법이다. 다행히 새롭게 왕좌에 오른 짜장이는 험악한 외모와는 달리 대체로 관대한 편이었다.

여포의 밥 먹는 얼굴에서 그 노쇠함이 느껴졌다.
길 위에서 보낸 지난 세월의 흔적과 상처와 연민과 희로애락이 얼굴에 고스란히 남아 있다.
그래 이제껏 그래왔듯 여포야, 죽을 때까지는 죽지 말아라.

　　한번은 여포가 와서 힘겹게 사료를 삼키고 있었다. 사료 씹기가 영 힘들어 보여 나는 국물 많은 수프형 간식을 따라주었는데, 한참이나 그것을 음미하며 먹었다. 녀석이 그것을 다 먹을 때쯤 대문에서 짜장이가 나타났고, 여포는 황급히 테라스를 내려가 산으로 도망쳤다. 쌓인 눈에 발목이 빠지는 산길을 녀석은 허위허위 올라갔더랬다. 마당에 도착한 짜장이는 그런 여포를 굳이 추격하지 않았다. 알면서도 눈감아주며 짜장이는 나한테도 맛난 것 좀 대접하시오, 하면서 너스레를 떨었다. 권력

대장 짜장이를 피해 눈에 발목이 푹푹 빠지는 산길을 허위허위 올라가는 여포.

을 가진 자의 여유랄까. 곳간에서 인심난다고 짜장이는 제 것
도 아니면서 주변 고양이들에게도 식당 음식을 널리 베풂으로
써 초기의 정권을 안정시켜나갔다.

왕짜장님! 부디 앞으로도 지금처럼 너그럽고 따뜻한 지도자
가 되어주기를 바랍니다.

아비라는 어미

아비는 2년째 구름이네 식당을 드나드는 단골손님이다. 그러나 아비와 부쩍 친해진 건 얼마 되지 않았다. 봄이 되면서 녀석은 낮시간의 대부분을 우리집에서 보냈다. 내가 텃밭 일을 하고 있으면 녀석은 옆에 앉아 종알종알 참견을 하고 말을 보탰다. 수돗가에서 손을 씻고 있을 때도 굳이 따라와 나의 행동을 관찰했다. 전에 없이 발라당과 부비부비도 늘었다. 그뿐만 아니라 밥그릇 앞에서 안 하던 투정까지 부리기 시작했다. "밥은 됐고, 이제 고기반찬을 들여요." 날이 갈수록 녀석은 고단백 식단에 곱빼기의 양을 요구했다. 어떤 날은 하루 다섯 번 이상 밥상을 차렸고, 서너 번은 고기반찬이 올라갔다.

눈치 없는 나는 뒤늦게 그 이유를 알게 되었다. 녀석의 배가 옆으로 점점 부풀더니 누가 봐도 임신묘의 모습을 하고 있었던 거다. 녀석이 단순히 식탐만 부린 건 아니다. 어느 날부턴가 녀석은 다른 욕심을 냈다. 내가 거실 문을 열고 들어가려 할 때마다 열린 문틈으로 고개를 들이밀곤 했다. 하지만 그때마다 나는 야박하게 문을 닫았더랬다. "안 돼요. 집안에 이미 다섯 마리 고양이가 사자처럼 뛰어다니고 있다고요." 사실 다른 이유

임신한 몸으로 내 앞에서 발라당을 하는 아비.

도 있었다. 2년 동안 보아온 아비의 모습은 눈곱 하나 없고 털은 윤기가 자르르 흘렀으며, 누가 봐도 길냥이라 하기엔 입성이 너무 고왔다. 따로 돌보는 사람이 있지 않고서야 이 정도로 관리될 수가 없었다. 추측건대 외출고양이거나 최소한 마당고양이일 거라는 합리적 의심이 들었다.

실제로 녀석은 일정한 곳에서 잠을 자고 식당에 와선 밥만 먹고 시간을 때우다 갔다. 아비에겐 집안에서 출산을 하려는 원대한 계획이 있었으나 계획대로 되지 않은 셈이다. 살다보면 작전상 후퇴도 해야 하는 법. 녀석에겐 플랜B가 있을 법도 한데, 그게 뭔지는 알 길이 없었다. 그저 나는 하루 다섯 번 이상 밥상을 차리고 고단백 식단을 준비하는 수밖에. 늦봄이 되어 아비는 출산을 하러 갔는지 이틀이나 보이지 않았다. 사흘 후 녀석은 배가 홀쭉해져 나타났다. 미역국은 못 끓여줘도 백숙은 끓여줘야 한다는 생각에 나는 생닭을 사다 푹 고았다. 워낙에 닭가슴살을 좋아하는 터라 녀석은 순식간에 백숙 한 그릇을 뚝딱했다.

출산 전만 해도 밥을 먹고 하루종일 테라스에서 나뒹굴던 아비는 이제 숟가락 내려놓기가 무섭게 닭가슴살을 물어 나르기 시작했다. 어떤 날엔 하루 대여섯 번을 배달했다. 그러던 어느 초여름날이었다. 매일같이 오던 아비가 이틀이나 보이지 않았다. 다시 출산을 하러 갈 리는 없을 텐데. 사흘째 되던 날 녀석

귀 끝을 살짝 내주었지만, 아비의 미모는 여전하다.

은 테라스에 나타나 오랜만에 발라당을 했다. 그런데 가만, 털
이 깎인 배에 선명하게 보이는 수술자국과 귀 커팅. 중성화수
술을 하고 온 거였다. 녀석은 자신이 수술하고 온 것을 내게 보
여주려고 발라당을 한 거였다.

예상대로 녀석을 돌보는 또다른 누군가가 있었다. "에고, 당
분간 젖 먹이기 힘들겠다. 애들 일루 데리고 와서 밥 먹어. 알았
지?" 말귀를 알아듣기라도 한 걸까. 아비가 중성화수술을 하고
정확히 일주일이 지났을 때다. 녀석이 테라스에 앉아 있기에
간식이나 주자고 나갔는데, 평소와는 뭔가 다른 목소리로 이야

아비의 아바타와도 같은 외모를 지닌 아톰.

옹거렸다. 분명 새끼를 부를 때 내는 소리였다. 잠시 후 한 아이
가 불쑥 테라스로 올라왔다. 아비와 똑 닮은 주니어 아비시니
안이었다. 곧이어 고등어 녀석도 풀쩍 테라스로 뛰어올라왔다.
나는 입을 틀어막고 조용히 그 모습을 지켜보았다. 하지만 엄
마 옆에 내가 앉아 있는 걸 발견한 두 녀석은 화들짝 놀라 혼비
백산 달아나버렸다.

　아비는 아이들이 달아난 쪽으로 자리를 옮겨 다시 새끼들을
불렀다. 나도 몰래 뒤따라가 아비 뒤에 앉았다. 뒤란 수풀 속에
서 세 마리 아깽이가 앙냥냥거리며 뛰쳐나왔다. 아비시니안과

고등어무늬가 선명한 이 녀석은 아쿠.

고등어 말고도 삼색이가 한 마리 더 있었다. 녀석들은 엄마 뒤에 내가 앉아 있다는 게 불안했지만, 움찔하고 뒤로 물러날 뿐 아주 도망가진 않았다. 아비가 아이들과 인사를 시켜주려고 데려온 것이 틀림없었다. 새로운 고양이와의 만남이 늘 그렇지만, 아비 아이들과의 만남은 설렘과 벅참으로 가슴이 한참이나 콩닥거렸다.

　나는 아비와 똑 닮은 녀석에게는 아톰, 고등어는 아쿠, 삼색이에겐 아롬이라는 이름을 붙여주었다. 아비라는 어미의 금쪽같은 아이들.

묘생 첫 장마가 최장기간 장마

아비는 나에게 인사를 시킨 이후 하루에도 몇 번씩 아이들을 데리고 식당을 찾았다. 그때마다 나는 버선발로 달려나가 귀빈 대접을 했다. 경계심과 호기심이 반반인 아이들은 테라스 탁자 밑에 들어가 내가 사라지기만 기다렸다. 하지만 그럴 때마다 아비는 아이들을 밥그릇 앞으로 불러모았다. 내가 밥그릇 앞에 떡하니 앉아 있음에도 아비는 일부러 아이들을 불러냈다. "이 인간과 친해져야 맛난 걸 먹을 수 있어. 잘 보이는 게 좋을 거다." 처음엔 쭈뼛쭈뼛하던 아쿠와 아톰은 사나흘 지나자 1~2미터 정도 거리를 두고 내 주위를 빙빙 돌았다.

　아비는 아이들이 보는 앞에서 나와의 친분을 알리려는 듯 발라당과 부비부비를 서슴지 않았다. 어서 쓰다듬으라며 목덜미도 내주었다. '캔따개 마음을 사로잡는 법' 시범을 몸소 보여주며 현장 실습을 시키려는 것 같았다. 그리고 첫 실습생이 나왔다. 고등어무늬 아쿠였다. 녀석은 한껏 꼬리를 치켜들고 다가오더니 엄마가 하는 대로 내 무릎에 볼을 비비고 코를 킁킁거렸다. 하지만 내가 목덜미를 만지려 하자 기겁을 하고 도망쳤다. 다음날에도 아쿠가 먼저 나에게 다가와 손등에 코뽀뽀를

"안녕! 캔따개." 아침에 거실문을 열고 나갔더니
아쿠가 눈웃음에 손까지 흔들며 상냥하게 아침인사를 건넸다.

했다. 이번에는 자기가 먼저 손등 아래 목덜미를 들이밀어 쓰다듬을 요구했다. 아, 이 짜릿한 손맛!

사실 길고양이는 가급적 만지지 않는다는 게 나의 철칙이긴 하지만, 아비처럼 이미 사람 손에 길러진 고양이는 사람의 손길을 애정의 표현으로 받아들이는 경우가 많다. 아예 아비는 작정하고 아이들을 나와 친하게 만들고 싶어했다. 아비의 아바타급인 아톰은 아쿠가 나에게 몸을 맡겨도 괜찮다는 걸 확인한 뒤에야 마지못해 접근했다. 그것도 형식적으로 내 종아리에 볼을 한번 비비고는 '이 정도면 됐지?' 하고 일정한 거리를 유지했다. 두 녀석과 달리 아롬이는 내 근처에 얼씬도 하지 않았다. 엄마가 괜찮다며 불러내도 아롬이만은 괜찮지가 않았다. 녀석은 탁자 밑에 숨어 있다가 내가 자리를 뜨고 나서야 밥그릇 앞으로 다가왔다.

한 배에서 났지만, 세 마리 아깽이는 성격이 제각각이었다.

테라스 탁자는 아쿠와 아톰의 전용 스크래처가 되었다.

엄마와 쪽 빼닮은 아톰은 식성이 좋아 늘 엄청 먹는 식탐쟁이 녀석이다. 엄마 껌딱지이기도 한 녀석은 나를 완전히 믿지 못해 늘 2~3미터 정도의 안전거리를 유지했다. (그러나 겨울로 접어들 무렵엔 이 녀석이 나에게 가장 먼저 다가와 코인사를 건네는 고양이로 변했다. 식탐은 여전했다.) 아쿠는 세 아이들 중 가장 호기심이 왕성하고 장난기가 많았다. 더러 내가 텃밭에서 풀 뽑고 나서 빨간 코팅장갑을 테라스에 올려놓았는데, 두 번이나 그걸 물고 가 어딘가에 숨겨놓았다. (그러나 겨울로 접어들 무렵엔 장난꾸러기 이미지를 아톰에게 물려줘야 했고, 모험심도 아톰에게 옮겨갔다. 아마 아톰과 서열싸움에서 진 뒤로 약간 소심해진 듯하며, 조용하고 침착한 성격으로 바뀌었다.) 아롬이는 아비네 아이들 중에 가장 얼굴 보기 힘든 아이다. 엄마를 잘 따라다니지도 않는데다 경계심도 많은 새침데기 아가씨다. 어쩌다 한 번씩 밥 먹으러 와서도 밥만 먹고 휭하니 가버린다. 오랜만에 아쿠, 아톰과 놀고 있어 사진이라도 찍을라치면 "흥, 나 사진 찍는 거 싫어한단 말야!" 하면서 내려가버리고, 비가 조금만 내려도 "나 발 젖는 거 싫어!" 하면서 밥 먹으러 오지도 않는다. 혹시라도 나는 아롬이의 눈 밖에 날까봐 발뒤꿈치까지 들고 다니며 눈치를 봤다. (겨울이 되어서도 아롬이는 별로 달라진 게 없다. 여전히 새침데기 공주 이미지.)

하필 아비가 아이들을 한창 데려올 무렵 장마가 시작되었다. 웬만한 폭우가 쏟아지지 않는 한 아비는 아이들을 데리고 식당을 찾았다. 가끔 식당을 찾았다가 장대비가 쏟아질 때면 아비는 아쿠와 아톰을 이곳에 두고 혼자서 집으로 돌아갔다. 애당초 이렇게 비가 오는 날이면 아롬이는 거동을 하지 않기 때문에 비 맞을 일도 없다. 엄마와 떨어져 이곳에 남은 아쿠와 아톰은 서로 의지하며 제법 씩씩하게 시간을 보냈다. 더러 두 녀석은 밥그릇에 들이치는 비를 막으려 펴놓은 우산을 장난감으로 삼았다. 비가 올 때는 우산 속에 들어가 위에 달린 끈을 툭툭 치고 잡아당기는 것만으로도 재미있어하더니, 비가 그치자 우산 속에 들어간 아쿠를 놀라게 하려고 아톰이 우산 위로 풀쩍 뛰어오르곤 했다. 서너 번 뛰어오르고 나니 멀쩡한 우산이 짜부라졌음은 말할 것도 없다. 장마가 계속되는 동안 아쿠와 아톰은 멀쩡한 우산 두 개를 망가뜨려놓았다.

6월 하순에 시작된 장마는 8월 중순까지 이어졌다. 아비네 아이들에겐 생의 첫 장마가 하필 최장기간의 장마였다. 8월 중순 장마가 끝났을 때 기상청에서는 1970년대 이후 최장기간인 54일 동안 비가 왔다고 했다. 다행히 아비도 아이들도 무사히 장마를 보냈다. 한 가지 신기하다고 생각한 건 이것이다. 새로 왕좌에 오른 짜장이 또한 하루 한두 번은 식당을 찾았는데, 아비네 아이들은 도망은커녕 언제나 반갑게 짜장이를 맞이했다. 짜장이 또한 아이들을 쫓아낼 생각보다 옆에서 흐뭇하게 지켜보며 가끔 아비 대신 놀아주기도 하는 거였다. 혹시 아비 아이들의 생물학적 아비가 짜장이라는 얘기? 아무리 봐도 닮은 구석이 없는데. 이러구러 장마가 끝나자 여름도 끝나갔다.

아비야, 아깽이들 아비가 누구니?

아톰에게 생긴 일

장마가 끝나갈 무렵이었다. 장난꾸러기 아톰이 박스에 들어가 장난을 치고 있었다. 보아하니 녀석은 비에 젖은 박스 귀퉁이를 뚫어 손을 들락날락하며 고추나 토마토 줄기를 묶을 때 쓰는 파란 비닐노끈을 잡아당기고 있었다. 분명 선반 위에 비닐끈을 올려두었는데, 녀석이 잡아당겨 바닥까지 끈이 풀어져버린 것이다. 녀석은 박스에 뚫린 구멍으로 손을 내밀더니 풀어진 비닐끈을 잡고 마구 당기기 시작했다. 아쿠는 그 옆에서 움직이는 끈을 잡았다 놓았다 하면서 장난을 치고 있었고, 아비는 그런 아이들을 무심하게 지켜보았다.

한 시간쯤 시간이 지났을까? 아내가 퇴근할 시간이 되어 마중을 가려고 차 시동을 거는데, 차 밑에서 고양이가 후다닥 도망을 치는 거였다. 캄캄해서 잘 보이지 않았지만 달려가는 고양이 뒤로 우당탕탕 소리가 나더니 무언가 툭 떨어지는 소리가 났다. 차를 멈춰세우고 소리가 났던 곳을 살펴보았다. 귀퉁이가 구멍난 종이박스였다. 이건 아톰이 방금 전까지 들어가 끈장난을 치던 박스였던 것이다. 저 녀석이 박스를 길바닥까지 물고 온 걸까? 길 위엔 아톰도 아쿠도 보이지 않았다.

아톰의 호기심은 집안 고양이 생강이에게도 예외가 아니다.

별일 없겠지? 나는 다시 차에 올라 아내를 데리러 다녀왔다. 집에 돌아와 테라스에 나가보니 아톰도, 함께 있던 아쿠와 아비도 보이지 않았다. 그런데 가만, 아까 아톰이 가지고 놀던 비닐끈도 보이지 않았다. 갑자기 싸한 느낌이 들었다. 나는 플래시를 켠 채 집 주변을 샅샅이 살폈다. 길바닥에 떨어진 박스는 일단 집으로 가져왔고, 마을회관까지 걸어가며 구석구석 훑어보아도 아톰은 보이지 않았다. 그런데 이웃집 텃밭을 지나다 얼핏 울타리 그물에서 끈이 한 뼘 정도 나와 있는 게 보였다. 그걸 살짝 잡아당겨보았다.

끈이 술술 딸려나오기 시작했다. 조금 전까지 아톰이 가지고 놀던 끈이 분명했다. 실타래를 되감듯 끈을 한창 감고 있는데, 무언가 턱 걸리는 느낌. 플래시를 비춰보니 비닐끈의 끝자락에 아톰이 엉거주춤 서 있는 거였다. 내가 다가가도 녀석은 미동도 없이 그 자세를 유지했다. 알고 보니 녀석은 비닐끈이 발톱과 발에 감긴 채 도망을 치다 이 그물 울타리에 걸려 옴짝달싹 못하고 있었던 거다. 아톰의 옆에는 아비가 왔다갔다 전전긍긍하고 있었다.

이 텃밭으로 말할 것 같으면 오래전 쥐약을 놓아 우리집으로 밥 먹으러 오던 고양이들을 여럿 하늘나라로 보낸 바로 그 이웃집 텃밭인 것이다. 하필이면 아톰은 거기서 옴짝달싹 못하고 있었다. 나는 발소리를 죽여가며 아톰이 있는 텃밭 울타리

쪽으로 다가갔다. 다행히 아톰은 비명을 지르거나 소리를 내지 않은 채 겨우 발버둥만 치고 있었다.

나는 울타리에 얽히고설킨 끈을 풀고 살짝 그것을 들어올렸다. 아톰의 발이 인형의 발처럼 당겨져 올라왔다. 어두워서 끈이 발에 어떻게 엉켰는지 알 수가 없었다. 이번에는 땅바닥과 수평으로 줄을 당겨보았다. 역시 아톰의 앞발이 쑥 하고 앞으로 나왔다. 울타리에 얽힌 끈은 풀었지만, 아톰의 발에 걸린 끈은 여전히 풀리지 않고 있었던 것이다. 그렇다고 아톰을 잡아서 발에 얽힌 끈을 풀려고 한다면 겁에 질린 녀석이 도망을 치다 잘못될 수도 있었다. 끈을 풀다가 아톰이 비명이라도 지른다면 이웃집 할머니가 당장 뛰쳐나올 수도 있는 일이었다. 등에서 식은땀이 비 오듯 쏟아졌다. 마지막으로 나는 끈을 잡고 아톰의 등뒤로 돌아가 살짝 당겨보았다. 팽팽하던 줄이 어느 순간 헐거워졌다. 드디어 성공. 뒤쪽에서 잡아당기면 의외로 쉽게 풀리는 것을 자꾸 앞에서만 잡아당기고 있었던 것이다.

하지만 바보같이 끈이 풀린지도 모른 채 아톰은 그 자리에 혼이 나간 듯 엉거주춤 서 있었다. 하는 수 없이 나는 녀석이 앉은 텃밭 안쪽으로 한발 들어가 녀석의 엉덩이를 툭 건드렸다. 그제야 녀석은 깜짝 놀라 텃밭을 벗어났다. 비가 오다가 잠깐 그친 상태라 공기는 축축한데, 잔뜩 긴장했던 내 몸은 온통 비라도 맞은 듯 땀으로 범벅이 되어 있었다. 끈을 회수하고 집으

장난꾸러기 아톰. 눈에 이미 장난기가 가득하다.

로 오는데, 아비 녀석은 오는 내내 앞에서 발라당, 걸음을 옮길 때마다 발라당을 하는 거였다. 아마도 제 새끼를 구해주어서 고맙다는 행동으로 보였다. 아쿠도 덩달아 신이 났는지, 엄마를 따라가며 연신 발라당을 했다.

정작 혼이 반쯤 나간 아톰은 한참 뒤에야 테라스로 돌아와 긴장을 푸는 그루밍을 하고 있었다.

자연에서 놀잇감을 찾는 녀석들

"나는 방울토마토를 딸 테니, 너는 캔을 따라!"

여름내 아톰과 아룸이는 툭하면 텃밭에 가서 방울토마토를 따놓곤 했다. 내가 지켜본 바로 아쿠는 아톰과 아룸이가 따놓은 방울토마토를 가지고 놀기만 한다. 방울토마토는 둥글어서 마당에서 드리블하기에 안성맞춤이다. 시골에 사는 고양이들에겐 자연의 모든 것이 놀잇감이다. 방울토마토뿐만 아니라 도토리, 솔방울, 더러 살구를 따서 놀기도 한다. 이 녀석들은 둥그런 것만 보면 굴리고 싶어지는 모양이다.

한번은 바닥에 떨어진 으름 열매를 가지고 이 녀석들 한참이나 놀았다. 한국의 바나나라고도 불리는 으름은 타원형으로 약간 길쭉하게 구부러졌는데, 이 불규칙한 모양 때문에 럭비공처럼 불규칙하게 튀어서 오히려 방울토마토보다 더 재미있었던 모양이다. 이걸 가지고 한참을 놀다가 아톰이 잘못 드리블해 계곡으로 빠뜨린 뒤 황당한 일이 벌어졌다. 아톰이 나무에 올라가 직접 으름을 따기 시작한 것이다. 밑에서 으름 떨어지기만 기다리던 아쿠도 합세해 두 녀석이 서로 으름을 따겠다고 발톱까지 세웠다.

방울토마토 놀이에 진심인 아쿠와 아톰.

 그렇게 떨어진 으름을 가지고 두 녀석은 또 한참이나 놀았
다. 놀다가 풀숲에 들어가거나 개울에 빠뜨리면 또다시 나무에
올라 으름을 따는 녀석들. 마당에서만 놀던 아이들은 급기야
그것을 테라스까지 물어 나른다. 그러자 탁자 밑에서 구경만

하던 아롬이까지 으름 드리블에 가세했다.
정말이지 창조적으로 노는 아이들.

　이뿐만 아니다. 어느 날 아침에 보니 아
쿠가 계곡에 내려가 수풀을 뒤지더니 무언
가를 입에 물고 나타났다. 혹시 사냥을 한
건가? 잠시 후 테라스에 올라온 녀석은 입
에 물었던 것을 툭 떨어뜨렸는데, 놀랍게도
그것은 도토리였다. 그리고 녀석은 자신이
가져온 도토리를 들어올리고 드리블하며
테라스를 종횡무진 누비고 다녔다. 아톰 또
한 저쪽에서 도토리를 드리블하며 이쪽으
로 달려오고 있었다. 아마도 조금 전 아톰
이 계곡에 내려간 것도 아쿠와 같은 이유일
것이다. 둘은 서로가 가져온 도토리로 한바
탕 신나게 놀았다. 그나저나 이렇게 자신
이 놀면서 즐길 장난감을 자연에서 찾아 스
스로 물고 오는 걸 어떻게 보아야 할까. 고
양이에겐 애당초 유희본능이란 게 있는 것
같다.

아톰은 자신이 가지고 놀 으름 열매를 나무에 올라 직접 따서 놀곤 한다.

"내가 이 구역의 절대 귀요미다냥!"

급정거로 인한 추돌사고.
아쿠: "아니 앞에서 글케 급정거를 하면 어떡해요?"
아톰: (뒷목을 부여잡으며) "지금 냥이 다친 거 안 보여?
뒤에서 안전거리도 안 지키고, 이거 백퍼 당신 과실이야."

점프왕

기나긴 장마가 끝나고 아침저녁으로 선선한 바람까지 불자 아비네 가족은 마당과 테라스를 종횡무진 누비며 장난을 친다. 장마철에는 엄두도 내지 못했던 가족끼리 우다다의 시간. 밥을 먹고 나면 녀석들은 기다렸다는 듯 우다다를 시작한다. 주로 아톰이 먼저 마당을 질주해 소나무에 오르면 아쿠가 곧바로 뒤따라간다. 그렇게 서너 번 소나무를 오르내리면 이제는 마당에서 서로 경중경중 뛰어오르며 공중곡예를 선보인다. 옆에서 구경만 하던 아비도 체통이고 뭐고 신이 나서 경중거린다.

유일하게 아롬이만 테라스 아래서 "저런 건 아랫것들이나 하는 짓이야!" 하면서 동체시력은 연신 마당에서 날뛰는 아쿠와 아톰을 따라간다. 가끔은 엉덩이를 들썩이다가 혼자서 우아하게 소나무에 오른다. 아롬이는 소나무일망정 절대 방정맞게 오르는 법이 없다. 아쿠와 아톰은 이때를 놓치지 않는다. 두 녀석 모두 소나무를 내려오는 아롬이를 향해 전력으로 질주한다. 엉겁결에 펄쩍 뛰어오르는 아롬이. 우아하게 공주의 걸음으로 마당을 가로질러 가려던 계획은 '아랫것들' 때문에 엉망이 된다. 순간 우아한 콘셉트도 잊은 채 무리에 어울려 무수리처럼 뛰어

아쿠와 아톰은 밥을 먹고 나면 언제나 이렇게 격렬하게 우다다를 하면서 논다.

다닌다.

가을로 접어들면서 아쿠와 아톰은 벌개미취 꽃밭과 붓꽃 무리 사이를 오가며 숨바꼭질인지 우다다인지 모를 종목으로 시간을 보냈다. 이 종목의 패턴은 늘 유사하다. 둘 중 하나가 벌개미취 꽃밭 속에 숨었다가 지나가는 상대를 덮치는 것이다. 그러면 깜짝 놀란 상대가 풀쩍 뛰어올라 공중곡예를 벌인다. 그리고 나선 자신을 놀라게 한 상대를 뒤쫓아 복수의 주먹질을 날리며 게임은 끝이 난다. 하지만 복수는 복수를 낳는 법. 이번에는 당한 녀석이 벌개미취 꽃밭 속에 몸을 움츠렸다가 상대를 향해 뛰어오른다. 그럼 또다시 쫓고 쫓기는 추격전. 이러다보니 한번 시작한 게임은 돌림노래처럼 끝날 줄을 모른다.

문제는 이 녀석들의 과격한 놀이로 인해 언제나 네댓 그루의 벌개미취가 절단이 난다는 것이다. 뭐 이날을 위해 벌개미취를 심었다고 해도 틀린 말은 아니니 꺾인 벌개미취는 잠시 테라스에서 고양이들과 기념사진을 찍은 후 화병에 꽂아 실내를 밝히

벌개미취 꽃밭에 숨어 아쿠가 나타나기를 기다리는 아톰.

면 된다. 물론 꽃으로 이 쑤시는 걸 좋아하는 아비를 위해 한 송
이 벌개미취는 그냥 이쑤시개로 테라스에 남겨둔다. 물론 아톰
과 아쿠가 하루종일 장난이나 사고만 치는 건 아니다. 장난꾸
러기 아톰은 가끔 눈을 지그시 감고 벌개미취 향기에 취할 때

"흔들리는 꽃들 속에서 네 참치향이 느껴진 거야~ ♪ ♬"

"너에게 하트를 보낸다냥!"

도 있다. 이때 BGM으로 흘러나오는 노래는 이게 좋겠다. "흔들리는 꽃들 속에서 네 참치향이 느껴진 거야~ ♪ ♬"

사실 아쿠와 아톰은 지들끼리 놀아도 하루가 짧을 지경이지만, 녀석들이 진심으로 좋아하는 놀이는 따로 있다. 바로 낚시놀이다. 낮잠을 자다가도 녀석들은 낚시 방울 소리만 들리면 한달음에 뛰쳐나온다. 어디 멀리 가서 안 보일 때도 이것만 흔들면 어떻게 알고 금세 달려온다. 장난과 놀이를 할 때 모든 면에서 아톰이 적극적이지만, 낚시놀이만은 아쿠가 훨씬 적극적이다. 녀석은 지친 기색도 없이 10회 연속 점프쯤은 기본이다. 아쿠가 잠시 숨을 고를 때 아톰은 서너 번 점프를 하고는 나가떨어진다. 하지만 점프의 질적인 면에서는 아톰이 압도적이다. 점프의 높이가 상상을 초월한다. 심지어 내 키를 훌쩍 넘어 2미터 이상 점프할 때도 있다. 진정 당신을 점프왕으로 임명합니다.

가끔은 안개가 자욱하게 낀 아침에 낚시놀이를 할 때도 있다. 저만치에서 도움닫기를 하다가 구름판도 없이 날아오르는 아톰의 모습은 마치 먹이를 향해 마지막으로 온 힘을 다해 뛰어오르는 사자와도 같았다. 운이 좋아서 녀석의 그런 모습을 몇 번 사진에 담은 적이 있는데, 마치 사냥당한 집사의 마지막 사진 같아서 좋았다. 이 정도면 집사계의 낚시왕까지는 아니어도 낚시왕자 정도는 되지 않을까.

아톰에게 사냥당한 찍사의 마지막 사진.

호이짜~ 가볍게 공중부양.

아비는 다 계획이 있었구나

아침 6시 30분.
바깥세상은 안개가 자욱한데,
소나무에 홀로 앉아 생각에 잠긴
고양이 한 마리.
인간이 망가뜨린 이 세상이
그래도 아름다운 건
고양이가 있기 때문이지.

늦봄과 초여름 사이, 아이들을 나
에게 소개했던 아비는 여름내 아이
들을 데리고 이곳으로 출퇴근을 했
다. 처음에는 와서 밥만 먹고 사라지
더니 어느 순간부터 이곳에 머무는
시간을 조금씩 늘려갔다. 어떤 날엔
식당에서 밥을 먹는 중에 폭우가 쏟
아지기도 했는데, 그런 날이면 어김
없이 아비는 아쿠와 아톰을 이곳에
두고 아롬이만 데리고 집으로 돌아

아침 안개 속에서 조용히 빛나는 고양이.

갔다. 아쿠와 아톰도 처음에는 엄마 없이 밤을 보내야 하는 것을 두려워했지만, 점점 익숙해져 내가 마련한 박스에 들어가 밤을 보내곤 했다.

어쩌면 이건 애당초 아비가 계획한 일이었는지도 모른다. 가을로 접어들기 무섭게 아비는 아이들에게 쌀쌀맞게 굴기 시작했다. 곁에 오기만 해도 하악거리고, 함께 집으로 가는 일도 없었다. 다른 길고양이와 마찬가지로 정떼기를 통해 독립을 시키려는 한 과정이었다. 그때부터 아비는 식당에 뻔질나게 드나들던 일과를 바꿔 하루 한 번 정도 방문으로 발길이 뜸해졌다. 반대로 아이들은 엄마 없이도 식당 문턱이 닳도록 발길이 잦아졌다.

결국 가을이 한창인 10월부터는 아쿠와 아톰이 아예 이곳에 머물기 시작했다. 아롬이는 여전히 엄마가 머무는 곳에서 이곳으로 출퇴근을 했는데, 수컷인 아쿠와 아톰, 암컷인 아롬이의 영역을 분리해 독립을 시킨 것이다. 아이들을 독립시킨 이후로 아비는 아이들을 다른 고양이처럼 대했다. 하악은 기본이고, 반갑게 달려와 코인사라도 건넬라치면 냥펀치를 날리기도 했다. 이건 함께 출퇴근하는 아롬이에게도 예외가 아니었다. 처음에는 섭섭해하고 원망하던 아이들도 어느 순간 다 받아들였다. 엄마 곁에 너무 오래 머물러 있었다는 것을 아깽이들도 아는 눈치였다.

손을 내밀어 마음을 전합니다. 너와 내가 함께한다는 것.
잊지 마! 넌 혼자가 아니라는 사실.

으~~~~~! (저 하찮은 앞니)

아쿠와 아톰은 독립 후 이곳에서 먹고 자는 걸 해결했다. 그렇다고 두 녀석이 100% 마당고양이가 된 건 아니다. 왜냐하면 구름이네 식당에는 수시로 대장인 짜장이를 비롯해 대장에서 물러난 여포, 나이가 많은 고등어, 입에 카레가 묻은 노랑이, 오래전부터 이곳의 단골인 순덕이와 순덕이가 낳은 세 마리의 아이들까지 아비네 가족을 빼고도 여덟 마리의 길냥이가 단골로 드나들기 때문이다. 아쿠와 아톰은 대장인 짜장이나 대장에서 물러난 여포와는 대체로 사이가 좋은 편이다. 순덕이네 아이들과도 사이가 나쁘지 않다. 다만 카레 노랑이와 순덕이는 아쿠, 아톰을 보면 쫓아낼 듯 싸움을 걸곤 한다. 그래서 아쿠와 아톰은 멀리서 순덕이나 카레 노랑이가 나타나면 부리나케 뒷산으로 도망쳤다가 조용해지면 집으로 돌아온다.

그럼에도 녀석들은 하루 중 대부분의 시간을 이곳에서 보낸다. 날씨가 선선해지면서 미리 겨울집도 여러 채 지어줬는데, 다행히 만족하는 눈치다. 가만 생각해보면 아비가 나에게 접근해 친한 척을 한 것도 어느 날 새끼들을 데려와 인사를 시킨 것도 뭔가 계획이 다 있었던 것만 같다. 아무래도 아쿠와 아톰을 나에게 맡기려고 봄부터 소쩍새는 그렇게 울었나보다.

단풍 고양이

우리집은 동북향인데다 산자락 아래 바짝 붙어 있어 언제나 그늘이 짙다. 같은 이유로 단풍도 다른 곳보다 언제나 늦다. 마당에는 제법 크고 오래된 단풍나무가 한 그루 있고, 마당가에는 이사오면서 심은 생강나무가 몇 그루 있다. 단풍나무도 생강나무도 11월이 되어서야 단풍이 절정이다. 집 오른쪽에서 뒤쪽으로 이어진 산자락에는 키가 큰 낙엽송 군락이 있는데, 이때쯤 노랗게 물든 침엽이 볼만하다. 집밖 풍경만 보면 굳이 단풍 구경 멀리 갈 필요가 없다.

집 주변이 온통 단풍으로 물들자 아쿠와 아톰도 덩달아 단풍 고양이가 되었다. 어디에 앉아 있든 녀석들은 그림 같은 풍경을 연출했다. 우다다를 하면서 올라간 소나무 위에서도 녀석들의 배후에는 멋진 산자락 단풍이 펼쳐졌다. 가끔 아쿠는 소나무에 올라가 단풍을 구경하는데(그냥 산이 있는 쪽을 바라보는 거겠지만), 녀석의 자세만 보면 "너희가 낭만을 아느냥?" 그러는 것만 같다. 낭만과는 거리가 먼 아톰도 소나무에서만은 제법 분위기 있는 고양이로 보인다.

테라스에는 아쿠와 아톰이 캣타워처럼 사용하는 탁자가 있

"나는 단풍냥이로소이다."

아톰을 근접 촬영하다보면 어김없이
카메라에 냥펀치를 날리는 아톰의 손버릇에 당하고 만다.

다. 평소 녀석들은 그곳에 올라 그루밍도 하고 낮잠도 자는데,
단풍철에는 거기 그냥 앉아만 있어도 '낭만 고양이'가 된다. 나
는 하루에도 몇 번씩 카메라를 들고 나가 녀석들의 그 모습을
사진에 담았다. 그런데 그때마다 이 녀석들이 렌즈에 너무 가
까이 다가와 촬영을 망치곤 했다. 아쿠는 주로 렌즈에 얼굴을
바짝 들이미는 편이고, 아톰은 특유의 손버릇으로 카메라에 냥
펀치를 날리는 것이다. 특히 아톰은 카메라를 들이대면 기어이
한 번쯤은 다가와서 냥펀치를 날리고 간다. 매번 아톰에게 당

단풍구경 멀리 갈 필요 있나요?
고양이만 있으면 그곳이 명당이지요.

할 줄 알면서도 나는 녀석이 귀여워 그냥 당하고 만다.

개인적으로 나는 단풍나무의 붉은 단풍보다 생강나무의 노란 단풍을 좋아하는데, 뜻밖에도 그것은 회갈색 톤의 아쿠와 아톰과도 잘 어울렸다. 크고 노란 생강나무 잎이 아쿠와 아톰을 한결 돋보이게 하는 것이다. 가끔은 테라스 탁자에 아롬이가 앉아 있어 빛의 속도로 카메라를 꺼내오면 아롬이는 "아, 또 촬영이야!" 하면서 테라스 아래로 내려가버린다. 결국 단풍과 어울린 아롬이 사진은 끝내 찍지 못했다. 하지만 마당을 등지고 집으로 돌아가는 아롬이의 뒷모습을 보노라면 그냥 그 모습이 삼색으로 물든 단풍 고양이인 것이다.

단풍도 절정이 지날 무렵이면 수돗가 대야에도 곱게 단풍이 내린다. 시기에 따라 붉은 단풍에 노란 단풍, 가랑잎까지 대야물을 단풍라떼로 만들어버린다. 아쿠와 아톰은 테라스에 떠놓은 물그릇은 거들떠보지도 않고 언제나 대야물을 마시는 버릇이 있다. 그런데 깔끔쟁이 아쿠는 물 위에 가랑잎 한 장 떠 있는 꼴을 못 본다. 아무리 어여쁜 생강나무 하트 낙엽도 기어이 건져내야 직성이 풀린다. 물에 발 젖는 것도 싫어하면서 굳이 물속에 발을 집어넣고 휘적이며 낙엽을 건져내는 아쿠의 모습은 사랑스럽기 그지없다.

하지만 바람이 세게 부는 날이면 대야에 한가득 낙엽이 떨어

고양이가 애용하는 대야물에 단풍이 내려 뜻밖의 단풍라떼가 되었다.

대야물에 뜬 하트 낙엽을 기어이 건져내고 마는 아쿠.

져 깔끔쟁이 아쿠도 어찌하지 못한다. 그럴 땐 앞발로 휘휘 낙
엽을 한쪽으로 밀쳐낸 뒤 물을 마신다. 단풍나무도 생강나무도
급히 마시다 체하지 말라고 낙엽을 띄워놓은 것 같은데, 아쿠
에겐 통하지 않는다.

묘생 첫겨울이 최강 한파

겨울로 접어들자 아쿠와 아톰은 털과 살이 쪄서 빵실빵실해졌다. 특히 아톰은 얼굴까지 부풀어 곰돌이처럼 변했다. 둘 다 한여름에 봤던 그 아깽이가 아니었다. 웬만한 성묘 이상으로 몸집이 부풀었다. 사실 길에서 사는 길고양이에게 겨울은 시련과 위기의 계절이다. 더구나 이번 겨울이 처음인 초보 고양이들에게 겨울은 생존의 위협이 될 수밖에 없다. 겨울이면 고양이가 먹을 만한 모든 것이 얼어붙고 눈에 묻힌다. 가뜩이나 고양이는 추위를 견뎌내느라 겨울에 더 많은 열량을 필요로 하는데, 며칠 굶게 되면 체온이 떨어져 결국 얼어 죽고 만다.

겨울에는 평소보다 급식량을 늘려주는 것만으로도 고양이 생존에 큰 도움이 된다. 추위를 피할 수 있는 겨울집을 만들어주는 것도 고양이의 겨울나기를 돕는 방법이다. 나 또한 아쿠와 아톰의 따뜻한 겨울나기를 돕기 위해 거실 앞과 테라스 구석에 다섯 채의 겨울집을 마련해주었다. 대형 스티로폼 상자에 이사박스로 거푸집을 한 집이 세 채, 그냥 스티로폼에 옷가지를 넣은 집이 두 채. 스티로폼 집은 두 채를 연결해 비닐을 씌운 비닐하우스다. 아쿠와 아톰뿐만 아니라 아롬이와 아비, 그리고

"동그라미를 그려봐! 아니, 더 크게. 음, 그게 내 얼굴이야!"
겨울을 나려고 과하게 털을 찌운 아톰.

이곳에 오는 다른 고양이들도 잠시 쉬었다 가라고 다섯 채나
만든 것이다.

처음에는 겨울집을 본 아쿠와 아톰의 반응이 좀 시큰둥했
다. 하지만 날씨가 영하로 떨어지면서 녀석들은 자연스럽게 겨
울집을 이용하기 시작했다. 막상 이용해보니 마음에 들었는
지 녀석들은 잠잘 때뿐만 아니라 수시로 겨울집을 드나들었다.
2020년 12월과 2021년 1~2월의 날씨는 확연하게 달랐다. 12월
은 그나마 포근했지만, 해가 바뀌자 북극발 최강 한파가 한반

"캔 마니 반메 훔~" 눈밭 수행중인 아톰은 털이 쪄서 눈부처가 따로 없다.

도를 강타했다. 묘생 첫겨울이 하필이면 최강 한파. 아쿠와 아
톰의 첫겨울은 폭설도 잦았다. 가뜩이나 우리집은 산그늘에
잠겨 눈도 잘 녹지 않는데, 쌓인 눈 위에 또 눈이 쌓이기를 반복
했다.

　그러나 아쿠와 아톰 형제는 용감했다. 묘생 첫겨울이지만 길
에서 몇 년은 산 베테랑처럼 녀석들은 한파를 견디고 폭설에
맞섰다. 결정적으로 두 녀석 모두 눈을 두려워하지 않았다. 눈
이 오면 오히려 강아지처럼 뛰어다니며 좋아했다. 한번은 한

엄청난 회전력으로 눈 털기 신공을 펼쳐 보이는 아쿠.

밤중에 폭설이 쏟아졌는데, 아쿠와 아톰은 신이 나서 우다다
를 하고, 눈송이를 잡겠다며 풀쩍풀쩍 점프를 해댔다. 생에 첫
눈이니 그럴 수도 있으려니 했지만, 며칠 뒤 폭설이 쏟아진 날

에도 녀석들은 고삐 풀린 망아지처럼 날뛰었다. 밤새 폭설이 쏟아진 다음날 아침 마당에 나가보면 사방 어지럽게 찍힌 발자국들이 마치 댄스장을 방불케 했다.

마당 앞 도랑 건너편에는 과거 논을 메워 조성한 드넓은 택지가 있는데, 폭설이 내리는 날이면 아쿠와 아톰은 그곳에서 전력질주를 즐기곤 했다. 한번은 아침 기온 영하 24도, 믿기지 않을 정도의 추위가 기승을 부리는 날이었는데, 아랑곳없이 두 녀석은 그곳에서 우다다를 즐겼다. 그래도 역시 발이 시린 건 어쩔 수 없었는지 한바탕 우다다를 하고 테라스에 올라와선 한참이나 호호 입김을 불어가며 그루밍을 했더랬다. 이 녀석들 발이 얼지 않았을까, 감기에 걸리지는 않을까 걱정했지만, 다음날에도 또 다음날에도 눈밭에서 멀쩡하게 뛰어다녔다.

오래전 밥 주는 고양이 중에 봉달이와 덩달이라는 녀석이 있

"어쩌죠? 아톰이 저를 사냥하려고 해요."

었다. 두 녀석은 눈을 정말 좋아해서 폭설이 내리는 날이면 아
예 눈밭에 나와 살 정도였다. 눈밭에서 경주를 벌이고, 잡기놀
이를 하고, 심지어 발라당까지 했다. 나에게는 봉달이와 덩달
이 이후 아쿠와 아톰이 최강의 눈밭 단짝이다. 사실 고양이가
눈을 좋아해 이렇게 즐기는 경우는 드문 편이다. 어떻게 보면
그건 고양이답지 않은 행동이다. 그럼에도 고양이답지 않은 행

"꺼져, 눈오리 따위. 세상에 귀요미는 나 하나로 족하다냥!"

동을 하는 고양이들이 내 곁에 있어서 나는 눈고양이 사진 부
자(사진만 많은)가 될 판이다.

설원의 혈투

이틀간 시골 처가에 갔다가 눈길을
달려 집에 돌아와보니 아쿠와 아톰
은 보이지 않고, 마당에 어지럽게 고
양이 발자국만 찍혀 있었다. 그런데
어디선가 날렵한 동물이 설원을 내
달리는 소리가 마당까지 들려왔다.
소리의 진원지를 따라가보니 그럼
그렇지, 거기 아쿠와 아톰이 있었다.
두 녀석은 무슨 시베리아 호랑이라
도 된 듯 우다다 설원을 내달리고 풀
쩍풀쩍 뛰어오르고 싸움놀이와 사냥
놀이에 아주 신이 났다.

짐을 풀자마자 카메라를 챙겨 나
도 설원으로 나왔다. 녀석들은 눈밭
을 질주하고 무슨 〈동물의 세계〉 다
큐라도 찍는 듯 눈밭을 미끄러졌다.
이미 두어 번 폭설을 경험한 녀석들

"우리는 달려야 해 ♬ 바보냥이 될 순 없어 ♪"

은 이제 눈밭에서 노는 게 자연스럽고 당연해 보였다. 사실 폭설이 내리면 거개의 고양이는 은신처에 웅크려 외출조차 엄두를 내지 못한다. 하지만 아쿠와 아톰은 두려움 없이 폭설 속으로 전진하는 전사와도 같았다. 용감하고 명랑한 눈밭 소년들. 상금이나 상품이 걸린 것도 아닌데, 이 녀석들 눈밭에서 눈에 불을 켜고 달린다.

(BGM)
우리는 달려야 해 ♬
바보냥이 될 순 없어 ♪
냥 달리자~ ♩
냐앙~ 달리자 ♬ ♪

이 녀석들 그냥 달리는 것만으로는 성에 차지 않는 모양이다. 두 녀석이 아예 설원에서 액션영화를 찍는다. 둘이 설원의 이쪽과 저쪽에서 잠시 대치하며 엉덩이를 들썩이다가 동시에 슛, 서로를 향해 무섭게 달려든다. 그러고는 설원의 한가운데서 발레리노처럼 풀쩍 공중으로 날아오른다. 둘 다 온몸을 내던진 강력한 점프에 순간적으로 눈덩이와 눈보라가 팝콘처럼 공중으로 퍼진다. 이번에는 둘이 설원을 오가며 시베리아 호랑이처럼 뒤엉켜 눈싸움을 한다. 아쿠는 나 잡아봐라, 도망을 치

아톰과 아쿠는 눈밭에서 툭하면 액션영화를 찍는다.
(저렇게 털 찐 몸으로 날렵한 몸짓이라니!)

고 아톰은 잡히면 죽는다며 뒤쫓아간다. 숨막히는 추격전.

시간이 지날수록 싸움은 과격해지고 이게 장난인지 진짜 싸움인지 분간하기 어려울 정도로 전운이 감돈다. 서부영화에서도 볼 수 없는 '액션 활극'. 설원의 혈투가 계속될수록 힘이 좋은 아톰의 일방적인 공격이 이어진다. 엄청나게 털 찐 몸으로도 언제나 날렵한 몸짓을 보여주는 아톰은 고양이 액션스쿨에서도 상급반 '클라쓰'에 속한다. 그런 아톰이 급수가 한창 떨어지는 아쿠를 일방적으로 몰아붙인다. 심지어 녀석은 항복을 선언하고 눈밭에 배를 보이며 누운 아쿠를 눈에 묻으려는 듯 눈덩이 공격까지 가한다.

싸움이 격해지자 '진짜로 공격하는 게 어디 있냐'며 삐쳐버린 아쿠가 등을 돌린다. 눈치 없는 아톰은 등을 돌려 집으로 돌아가는 아쿠를 뒤에서 한번 더 공격한다. 마음이 상한 아쿠는 리액션도 없이 타박타박 눈밭을 빠져나온다. 그제야 눈치를 챈 아톰이 줄레줄레 아쿠의 뒤를 따른다. 한바탕 신나게 날아다닌 녀석들은 춥지도 않은지, 설원이 끝나는 경계쯤에 앉아서 그루밍을 한다. 아쿠를 일방적으로 공격한 게 미안한 아톰은 아쿠의 옆에 일부러 엉덩이를 착 붙이고 그루밍을 한다.

한 배에서 나왔지만, 둘의 성격은 상당히 다르다. 아톰이 좀 과격하고 엄벙덤벙하는 반면, 아쿠는 다정하고 섬세한 편이다. 아주 어릴 땐 아쿠가 더 장난기가 많았는데, 이제는 아톰으로부터 모든 장난이 시작된다. 외부에서 고양이들이 밥 먹으러 올 때의 반응도 둘이 약간 다르다. 아톰은 이제 슬슬 여기를 자기 영역으로 여겨 외부 고양이들에게 경계심을 발동하며 으르렁대는 반면, 아쿠는 모든 외부 고양이들에게 상냥하고 우호적으로 대한다. 하지만 용감하고 명랑하게 폭설을 즐기는 방식은 둘 다 똑같다.

아비와 보낸 세번째 겨울

시간은 고양이가 걷는 속도로 흘러간다.

　몇 차례 폭설을 경험했다고 아톰과 아쿠는 이제 눈 속에서도 제법 느긋하다. 눈 속에서 서두르지 않는 고양이를 만나는 것은 분명 행운이다. 그만큼 멋진 사진을 얻을 수 있기 때문이다. 한번은 엄청난 폭설이 쏟아지고 있는데, 아톰이 태연하게 마당을 걸어다녔다. 이에 뒤질세라 아쿠도 신선 걸음으로 천천히 마당을 거닐었다. 하긴 뭐 고양이가 마감을 해야 하는 것도 아니고, 대출금 이자 납부일이 닥쳐 여기저기 손을 내밀 일도 없으니 태연자약한들 무슨 상관이랴.

　태연하게 마당을 거닐다 머리와 등짝에 눈이 쌓이면 후다닥 몸을 흔들어 눈을 털어내면 그만이다. 사실 싸움 레벨이 높은 아톰이지만 눈을 털어내는 스킬에서는 아쿠보다 한 수 아래다. 아톰의 눈 털기가 서툴고 굼뜬 반면 아쿠는 엄청난 속도와 회전 스킬로 눈 털기 신공을 펼쳐 보이곤 한다. 그것도 아톰이 보는 앞에서 "이 정도는 되어야 눈 털기 신공이라 할 수 있지" 하면서 빈정거리듯 고수의 스킬을 선보인다. 경쟁심이 발동한 아

"캔 하나 따줄 테니 잡아먹지 말아주세요."

톰은 이럴 때마다 슬쩍 종목을 바꿔 승부욕을 발동하는데, 이 번에는 나무 타기다. 눈이 내릴 때 나무를 타는 일은 가지에 쌓인 눈이 미끄러워 매우 위험하지만, 아랑곳없이 녀석은 그 스릴을 즐긴다. 아쿠도 나무 타기만은 아톰에 뒤지지 않는다. 둘은 서로 가느다랗고 휘청거리는 가지를 타며 경쟁적으로 용감함을 과시한다. 둘의 나무 타기는 호연지기를 기르고 용맹정진을 다짐하는 것과는 거리가 멀다. 그저 내가 더 잘 타지, 하면서 자신의 용기를 뽐내려는 것 같은데, 그걸 바라보는 구경꾼 입장에서는 그저 심장이 철렁하고 모골이 송연할 뿐이다.

어쩌면 아쿠와 아톰이 이렇게 폭설을 두려워하지 않는 건 아비를 닮은 건지도 모른다. 아비와 처음 만난 것도 겨울(2018년 11월)이었는데, 녀석은 그해 겨울 엄청난 폭설에도 아랑곳없이 식당을 찾아오곤 했다. 밥을 다 먹고도 한동안 녀석이 눈밭에서 우다다를 했던 기억이 난다. 일반적으로 집안에서 곱게 자란 고양이의 행동은 결코 아니었다. 어느덧 아비와는 이번이 세번째 겨울이다. 가을에 아쿠와 아톰을 이곳에 떼어놓은 뒤 아비는 한동안 식당 출입이 뜸했다. 하루에 한 번은커녕 2~3일에 한 번 들를 때도 있었다. 그러나 겨울이 되면서 아비는 다시 예전처럼 하루 서너 번씩 식당을 찾았다. 겨울을 나려면 더 많이, 더 자주 먹어둬야 하기 때문일 거다.

눈이 내리거나 눈 내린 다음날이면 어김없이 내가 설원에 나가 놀고 있는 아쿠와 아톰을 촬영했더니 어느 날부턴가 아비가 스스로 카메라 앞에 서기 시작했다. 그게 질투심 때문인지, 베테랑으로서의 자부심을 보여주려는 건지는 알 수가 없다. 다만 요즘에 부쩍 저런 신출내기 모델보다 자기 같은 베테랑 모델을 찍으라며 몸소 스노워킹 시범을 보이곤 하는 것이다. 고양이 사진을 찍다보면 가끔 '그래, 바로 지금이야!' 하는 결정적 순간이 올 때가 있다. 하지만 언제나 고양이는 손보다 빨라서 셔터를 누를 때면 이미 그 순간이 허망하게 끝나곤 한다. 아비는 프로모델답게 바로 그 순간을 정지화면처럼 보여주곤 했다.

1. 폭설을 뚫고 나를 향해 천천히 걸어온다.

2. 무심하게 내 옆을 지나다가 적당한 거리에서 고개를 돌려 카메라를 바라본다.

3. 눈이 오는 모습을 지긋이 눈으로 바라본다.

한번은 아비 때문에 작은 사고도 있었다. 폭설이 내리자 아쿠와 아톰은 어김없이 눈밭에 나가 뛰어다니고, 나는 그런 모습을 놓치지 않겠다고 카메라를 들고 출동했다. 그런데 아비가 내 앞에서 자꾸만 갈지자 훼방을 놓는 것이었다. 나는 아비를 밟을 것 같아 요리조리 발을 옮겨가며 눈길을 걸었다. 그때였다. 아비를 피한다는 것이 그만 눈이 살짝 덮인 빙판을 잘못 디뎌 보기 좋게 꽈당한 것이다. 순간 카메라를 떨어뜨리면 안 된다는 생각으로 카메라 든 왼팔을 위로 쭉 뻗어보았으나, 팔꿈치가 빙판에 갈리면서 손목 힘이 빠져 툭 하고 카메라가 바닥에 떨어졌다. 천만다행으로 렌즈와 바디는 보호했으나, 액

정이 빙판에 부딪치면서 금이 쫙 가버렸다. 그래도 내 팔꿈치를 갈아서 바디와 렌즈를 살렸으니 그것으로 위안을 삼을 수밖에……

그 와중에 폭설 속을 뛰어다니는 아쿠와 아톰은 어찌나 사랑스럽던지. 아무 일도 없었다는 듯 폭설 속을 걸어서 나에게로 오는 아비의 모습은 또 얼마나 아름답던지. 얼얼한 팔뚝을 벌벌 떨면서 나는 기어이 그 모습을 찍었더랬다. 촬영을 마치고 집에 들어와 살펴보니 팔뚝뿐만 아니라 보여주기 민망한 볼기짝에도 시퍼렇게 멍이 들어 있었다. 수명이 다 돼가는 낡은 카메라에 찌그러진 렌즈이지만 이걸로 15년간 고양이를 기록해왔다. 조금 더 형편이 좋아질 때까지 이 녀석들이 버텨주기만 바랄 뿐이다.

팔뚝을 갈아서 만든 사진. 폭설 속을 걸어서 나에게로 오는
아비의 그림 같은 모습을 찍은 것만으로 만족이다.

반전 아롬이

몇 차례 폭설이 내리고 날씨가 추워지면서 아롬이는 식당 출입이 오히려 잦아졌다. 아무래도 이곳에 오면 고단백 영양식을 언제든 먹을 수 있기 때문일 테다. 발길뿐만 아니라 이곳에 머무는 시간도 하루 네댓 시간으로 늘었다. 가끔은 오빠들이 머무는 겨울집에서 신세를 질 때도 있다. 최강 한파가 몰아친 날의 아침이었다. 거실 문을 열고 나가보니 아롬이가 비닐하우스에서 빼꼼 고개를 내밀었다. 외박을 한 건지 아침 일찍 와서 언 발을 녹이러 들어간 건지는 알 수가 없다.

여러 채의 겨울집 가운데 스티로폼 집 두 채를 연결한 비닐하우스는 처음엔 비닐 두 겹만 씌워놓았는데, 영하 20도를 오르내리는 날씨가 계속되면서 두 겹의 비닐을 더 덧씌웠다. 아롬이는 식당에 머무는 몇 시간 동안 이 비닐하우스에 들어가 몸을 녹이곤 했다. 여간해선 이곳의 겨울집에 눈길도 주지 않던 아롬이도 추위 앞에선 어쩔 수 없었던 모양이다.

눈이 오면 아쿠와 아톰이 신나서 뛰어노는 것과 달리 아롬이는 눈을 별로 좋아하지 않는 편이다. 눈에서 나뒹구는 아쿠와 아톰을 보면서도 혀를 쯧쯧 차며 언제나 도도한 귀부인처럼 테라스에 앉아만 있다. 밥을 먹고 집으로 돌아갈 때도 아롬이는 넉가래로 눈을 치워 바닥이 드러난 곳만 골라 디뎠다. 새침데기 아롬이가 발이 푹푹 빠지는 눈밭을 대수롭잖게 밟는 모습은 상상할 수가 없다. 눈이 좋아서 매일같이 눈밭에서 나뒹구는 오빠들과는 달라도 너무 달랐다. 그래도 추운 겨울을 나려고 털을 오지게 찌운 모습은 오빠들과 쏙 빼닮았다.

겨울로 접어들면서 나에 대한 아롬이의 경계심도 느슨해졌다. 늘 1~2미터의 안전거리를 유지하던 녀석이 무슨 일인지 닭가슴살 봉지를 뜯는 내 손에 먼저 볼을 비비기도 했다. 사실 아씨네 삼남매 가운데 최고의 닭가슴살 킬러는 아롬이다. 녀석은 앉은자리에서 세 봉지쯤은 가볍게 해치운다. 녀석은 알까? 꼬물이 시절에 엄마가 매일 물어다준 닭가슴살의 출처가 여기라는 것을.

아롬이는 여름부터 겨울까지 예의 그 도도함과 우아함을 잃지 않았다. 그런데 겨울이 끝나갈 무렵 아롬이의 반전 매력을 보았다. 얼었던 땅이 녹기 시작하자 진흙 묻는 게 싫다며 마른 땅만 골라 딛는 아롬이 공주님께서 친히 개울에 내려가 쥐를 사냥해온 것이다. 그리고는 아쿠와 아톰이 보는 앞에서 드리블에 저글링에 난리가 나셨다. 한참 무수리처럼 뛰어놀던 공주님, 아랫것들이 지켜보고 있다는 걸 의식했는지 갑자기 사냥

언제나 우아함을 잃지 않는 아룸이 공주께서
사냥으로 잡아온 쥐를 저글링까지 해가면서 놀고 있다.

감을 아톰에게 넘겨버렸다. 주위를
두리번거리며 옷매무새까지 가다
듬고 예의 도도한 표정으로 되돌아
온 것이다.

　"음, 근데 공주님! 입술에 묻은 붉
은색은 혹시 립스틱인가요?"

주위를 의식한 아롬이가 사냥감을 아톰에게 넘겨주고
예의 관람자 모드로 돌아갔다.

성군에서 폭군으로

짜장이가 대장으로 등극한 지도 1년. 처음 만났을 때만 해도 녀석은 경계심이 심해 내가 문만 열고 나가도 도망가기 바빴고, 눈만 마주쳐도 줄행랑을 치곤 했다. 그러던 녀석이 아비의 행동을 보고는 태도가 돌변했다. 아비가 나에게 다가와 발라당을 하고 눈을 맞추며 냐앙거릴 때마다 내가 맛있는 걸 내준다고 생각했는지, 녀석도 어느 날부턴가 대장의 체면 따위 던져버리고 가까이 다가와 냐앙거리는 거였다.

   이후 녀석은 아비와 나란히 겸상을 했고, 나중에는 아쿠, 아톰과 함께 사이좋게 식사를 즐겼다. 식사가 끝난 뒤에는 가끔 테라스에 머물며 아쿠, 아톰의 장난을 지켜보았다. 아쿠와 아톰도 스스럼없이 짜장이를 따르고 함께 어울렸다. 심지어 아톰은 계단으로 내려가는 짜장이의 다리를 걸거나 갑자기 달려가서 놀라게 하는 장난도 서슴지 않았다. 다소 황당했던 건 아비네 식구들이 내 앞에 얌전하게 앉아서 츄르를 받아먹는 모습을 보더니 짜장이도 곧바로 나에게 와서 공손하게 츄르를 받아먹는 거였다.

원래 아쿠, 아톰과 대장 짜장이의 사이는
함께 밥을 먹고 그루밍을 할 정도로 친한 관계였다.

분명 짜장이와 아씨네 가족은 사이가 좋았다. 하지만 최근
급격하게 짜장이의 태도가 돌변했다. 해를 넘기며 아톰과 아쿠
가 신체적으로 성장한데다 수컷의 냄새를 물씬 풍기는 시기에
접어든 것이다. 이를 감지한 걸까. 2월로 접어들자 짜장이는 아
톰과 아쿠를 적대시하며 공격하기 시작했다. 처음에는 그저 야
릉거리며 두 녀석을 위협하더니 언제부턴가 아톰과 아쿠를 번

집안 고양이 생강이에게 수작을 부리는 짜장이.

갈아 공격하기 시작한 것이다. 녀석은 아톰과 아쿠를 이 영역에서 쫓아내고야 말겠다는 듯 눈에 쌍심지를 켜고 달려들었다.

그건 분명 1년간 보아온 짜장이의 모습이 아니었다. 나는 밖에서 싸움소리만 나면 문을 열고 나가 짜장이를 뜯어말렸다. 사실 아쿠는 아직 애송이에 불과하고, 아톰은 머리만 큰 집구석 대장일 뿐이었다. 싸움의 상대가 되지도 않는다. 그런데도 짜장이는 잠재적인 경쟁자를 용납할 수가 없었던 모양이다. 츄르를 받아먹을 정도로 돈독했던 짜장이와 나의 관계도 금이 가버렸다. 내가 아직 애송이일 뿐인 아쿠와 아톰을 보호하려고 짜장이를 혼내다보니 녀석은 이제 나를 멀리하고 경계하기 시작했다.

며칠에 한 번씩 밥 먹으러 오는 노쇠한 여포에게도 더이상 자비를 베풀지 않았다. 세월의 흔적과 상처와 연민과 희로애락이 가득한 얼굴로 밥을 먹던 여포는 짜장이의 등장과 함께 온 힘을 다해 도망을 쳐야 했다. 나는 성군에서 폭군으로 돌변한 짜장이의 모습을 적나라하게 목도하고 있었다. 아쿠와 아톰의 입장에서는 차라리 폭설과 한파로 움츠려 있던 한겨울이 더 살기 좋았을 거다. 아무래도 추위가 좀 누그러지면 이 녀석들 의학의 도움을 좀 받아봐야겠다.

방법은 중성화수술밖에

올 것 같지 않던 봄이 왔고, 꽃도 피었건만 식당의 날들은 하루하루가 살얼음판과 같았다. 분명 지난 1월까지만 해도 아쿠, 아톰과 짜장이의 관계는 함께 둘러앉아 밥을 먹을 정도로 나쁘지 않은 편이었다. 하지만 날씨가 조금씩 풀리면서 녀석들이 발정기로 접어들었는지 서로가 서로를 경계하더니 급기야 절대적 강자인 짜장이가 폭력을 행사하기 시작했다. 하루가 멀다 하고 마당에서 짜장이가 아이들을 괴롭히는 소리가 들려왔다. 한번은 아쿠가 짜장이에게 귀를 물려 피 흘리며 식당에 나타났다. 아톰은 짜장이에게 쫓겨 소나무 꼭대기로 피신했다가 떨어지는 바람에 다리를 삐었다.

하루도 조용한 날이 없었다. 처음에는 짜장이를 타이르기도 하고 혼을 내기도 했지만 짜장이와 나의 관계만 틀어지고 별 소용이 없었다. 남은 건 중성화수술밖에 없었다. 우선 아쿠와 아톰 먼저 포획하기로 했다. 두 녀석은 워낙에 친밀감이 있는 애들이라 포획틀이 아닌 이동장을 가지고 와 안에 넣었더니 순순히 들어가 자리를 잡고 앉았다. 하지만 막상 차에 태웠더니 겁에 질려 울고불고 병원에 도착해서는 아예 혼이 반쯤은 나가

봄을 만져봄.

그나저나 수월하게 중성화수술을 했지만,
동물병원에서 귀 커팅을 너무 과하게 한 듯하다.

있었다. 어쨌든 두 녀석 모두 비교적 수월하게 중성화수술을
마쳤다.

수술을 끝내고 하루 입원을 시킨 뒤 데리러 갔더니, 두 녀석
얼마나 불안에 떨었는지 동공이 거의 풀려 있었다. 부랴부랴
녀석들을 데려와 테라스에 풀어놓았다. 그나마 아쿠는 집에 오
자 안심이 됐는지 이동장에서 꺼내놓자마자 나에게 다가와 코
인사를 건넸다. 하지만 아톰은 이동장을 열자마자 도망치더니
종적을 감췄다. 저녁이 되도록 아톰이 나타나지 않아 뭔가 잘
못된 건가 내가 슬슬 불안에 떨 무렵이었다. 밤 8시가 넘어 아

톰이 나타났다. 다행히 녀석은 내가 부르자 도망도 가지 않고, 아쿠와 코뽀뽀를 하며 인사를 나눴다.

수술 후 적응은 순조로웠다. 3일째가 되자 둘은 완전히 예전의 모습으로 돌아와 테라스에서 뒹굴거리고 벌써 마당에서 우다다까지 선보였다. 문제는 최근 폭군으로 돌변한 짜장이를 포획하는 일이었다. 식당으로 올라오는 길목인 테라스 아래 포획틀을 설치하고 평소 녀석이 좋아하는 캔에 마타타비 가루까지 뿌려두었다. 점심 무렵 설치한 포획틀은 저녁까지도 텅텅 비어 이대로 철수할까 고민하다 그냥 두었다. 자정 무렵 마당에서 고양이 우는 소리가 들려 나가보니 포획틀 안에 짜장이가 앉아 있었다. 그래 인석아, 미안하지만 오늘은 거기서 자고 내일 아침 일찍 병원에 가자.

다음날 아침 병원에 도착했는데, 그렇게 방약무도傍若無道한 대장 녀석이 쫄보가 되어 벌벌 떨고 있었다. 그렇게 짜장이도 무사히 수술을 마쳤고, 안전하게 방사했다. 부디 이번 중성화 수술로 아쿠, 아톰과 짜장이의 관계도 좋아지고, 나와 짜장이의 틀어진 관계도 회복되었으면 좋겠다.

꽃 같은 날들 그리고 꿈같은 봄날

식당은 다시 평화로워졌다. 아쿠와 아톰은 있어야 할 것이 없는 것 빼고는 별로 달라진 게 없고, 짜장이는 뭔가 실존적 성찰이 있었는지 한동안 식당 출입을 자제했다. 얼마 전에는 아래쪽(약 150미터 거리) 개울집에서 운영하는 급식소를 이용하는 걸 우연히 목격하기도 했다. 그러거나 말거나 개울가에는 생강나무꽃이 지고, 수양벚꽃과 살구꽃이 피었다. 아쿠와 아톰은 툭하면 벚나무와 살구나무 아래서 뒹굴었다.

하지만 마당에 복사꽃이 피어나자 두 녀석은 수시로 복숭아나무를 오르내렸다. 그러잖아도 복숭아나무를 캣타워처럼 애용하는 아쿠와 아톰은 툭하면 나무에 올라 신기한 듯 복사꽃을 구경했다. 나는 또 그런 모습이 보기 좋아서 복사꽃을 구경하는 고양이들을 넋 놓고 구경했다. 그러다 문득, '내가 뭐 하는 거지?' 이 좋은 그림을 그냥 둘 수 없어 카메라를 꺼내들었다. 녀석들은 이 가지에서 저 가지로 옮겨다니며 휘청거리는 꽃가지의 스릴을 즐겼다. 아쿠는 더러 맨손으로 꽃을 건드려보거나 분홍 꽃잎에 분홍코를 갖다대고 지긋이 꽃향기를 맡았다.

아쿠가 복사꽃을 대하는 자세는 대체로 진심인 편이다. 반면

아톰과 아쿠 모두 꽃 같은 날들이 되기를 바란다.

에 아톰은 그런 낭만 따위 즐길 새가 없다며 바쁘게 가지 끝까지 올라왔다 서둘러 내려가곤 했다. 천성이 급한 성격이라 그런지 아톰은 생각보다 먼저 행동하다가 발을 헛딛을 때도 한두 번이 아니었다. 아쿠와 아톰이 복숭아나무를 오르내리는 시기는 대중이 없었다. 딱히 이유도 없었다. 밥을 먹고 우다다를 하다가도, 마당을 거닐다 그냥 심심해서, 때로는 거기 나무가 있으니까 습관처럼 오르는 것 같았다. 가끔은 가지에 앉은 쇠박새나 동고비를 사냥하러 평소와는 다른 몸짓으로 나무를 오르기도 하는데, 단 한 번도 사냥에 성공한 적은 없다.

꽃이 만개하면서 나비와 벌이 날아드는 건 녀석들에게 나무에 오르는 그럴듯한 이유가 되곤 했다. 특히 아쿠는 벌에게 관심이 많아 꽃나무에서 윙윙거리는 소리가 날 때마다 캬르르 캭캭, 채터링을 하며 엉덩이를 들썩거렸다. 저러다 벌에 쏘여 솜방망이가 퉁퉁 부어봐야 벌 무서운 줄 알 텐데.

아쿠와 아톰이 평소보다 자주 복숭아나무를 오르는 까닭은
바로 꽃과 꽃 사이를 붕붕거리며 날아다니는 벌 때문이다.
저러다 벌에 한번 쏘여 눈이 퉁퉁 부어봐야 정신을 차리려나?

순전히 오늘을 위해 나는 12년 전 마당에 복숭아나무 한 그루를 심었나봅니다.

복사꽃이 가장 빛나는 순간은 아침나절이다. 마당에 해가 들어 복사꽃을 비추면 덩달아 마당도 환하게 밝아진다. 역광으로 빛나는 복사꽃의 화사함은 고양이의 표정까지 돋보이게 한다. 초록초록한 봄빛과 분홍분홍한 꽃빛과 아련아련한 고양이의 표정이 마구 뒤섞여 행복한 풍경을 연출하는 것이다. 파란 하늘을 배경으로 복사꽃과 고양이가 어울린 모습도 눈이 시리게 예뻤다. 구름이 잔뜩 끼어 하늘이 희부연한 날에도 복사꽃은 운치가 있었다. 가지 끝에 겨우 올라앉은 고양이와 뿌연 여백이 어울려 마치 한지에 수묵채색화를 그려놓은 것 같았다.

사실 고양이가 이토록 좋아하는 복숭아나무는 시골로 이

한지에 수묵채색화 느낌. 복사꽃도 고양이도 은은하게 가슴에 스며든다.

사온 다음해, 그러니까 12년 전에 심어놓은 나무다. 그동안 수많은 고양이들이 마당 급식소를 거쳐갔지만, 복사꽃이 만개한 나무에 보란듯이 올라간 고양이는 없었다. 다들 밥 먹고 제 갈 길 가기 바빴다. 하지만 아쿠와 아톰만은 달랐다. 전용 캣타워처럼 자연스럽게 복숭아나무를 오르내리는 거였다. 어쩌면 나는 순전히 오늘을 위해 12년 전 복숭아나무 한 그루를 심었는지도 모른다. 결과적으로 그런 셈이고, 그 옛날의 식목이 신의 한 수였다는 생각이 든다.

복사꽃은 열흘 넘게 절정을 이루었다. 그 절정의 순간에 아

우리는 모두 누군가의
꽃이고 봄입니다.

쿠와 아톰이 함께한 꽃 같은 날들은 오래오래 잊을 수가 없을
것만 같다. 녀석들이야 이 꽃 같은 날들을 쉬 잊겠지만, 어디선
가 흩날리는 복사꽃 한 점만 봐도 나는 이 꿈같은 날들을 내내
떠올릴 것이다.

고양이와 함께 이사

몇 년 전부터 이사를 준비하고 있었다. 아내가 직장을 옮기게 되면서 이곳에서는 출퇴근을 할 수 없게 되어 어쩔 수 없이 몇 년간을 주말부부로 살아야 했다. 없는 형편에 두 집 살림은 쉬운 게 아니어서 하루라도 빨리 이사를 가야 했지만, 집이 팔리지 않아 그냥저냥 살고 있었다. 그런데 봄이 되어 매매가 이루어졌고, 급하게 이사를 하게 되었다. 이사가는 집 역시 13년 전처럼 시골의 마당 있는 집이라야 했고, 아내의 출퇴근이 가능한 곳이라야 했다. 어렵게 그런 집을 찾긴 했다.

　문제는 고양이를 옮기는 일이었다. 집고양이 다섯 마리를 동시에 옮기는 것도 쉬운 일이 아닌데, 마당에서 밥을 주고 잠자리를 마련해주었던 아쿠와 아톰까지 데려가려니 여간 걱정스러운 게 아니었다. 사실 이사를 결정하면서 가장 먼저 떠오른 생각은 아쿠와 아톰을 어떻게 할까였다. 길고양이긴 하지만, 꽤 오랫동안 우리집 마당에서 먹고 자며 절반은 마당고양이처럼 생활하던 고양이였다. 녀석들을 옮기려면 우선적으로 이사할 곳에 아쿠와 아톰이 임시로 머물 공간을 만드는 게 급선무였다. 길고양이를 이주 방사할 때는 한 달 이상 임시공간에서 적응기를 거쳐야 하기 때문이다.

혹자는 아예 입양을 하면 되지 않느냐고 할지도 모르겠다. 하지만 이미 집고양이가 다섯 마리나 되는데다 솔직히 그동안 마당에 살며 자유롭게 산을 타고 나무에 오르며 자연을 만끽하던 아쿠와 아톰을 집안에 가두는 것이 두 녀석을 위한 방법은 아니라고 생각했다. 각설하고, 이사는 세 번에 걸쳐 3일간 이루어졌다. 가장 먼저 집고양이 다섯 마리를 포획해 옮기는데, 웬일인지 고속도로에 접어들면서 고양이 울음소리가 너무 가까운 곳에서 들렸다. 알고 보니 생강이(노랑이)란 녀석이 이동장에서 탈출해 조수석에 앉아 있는 거였다. 순간 심장이 철렁했지만, 녀석이 집에 도착해 순순히 이동장으로 들어가는 바람에 불상사는 일어나지 않았다.

둘째 날은 아쿠와 아톰을 포획하기로 했다. 두 녀석을 동시에 포획하지 않으면 포획이 수포로 돌아갈 공산이 컸다. 아침에 포획틀을 들고 데크로 나갔더니 아쿠와 아톰은 물론 아롬이까지 나란히 앉아서 밥을 기다리고 있었다. 한동안 뜸했던 아롬이는 왜 하필 포획을 하려는 순간 떡하니 앉아 있는 건지. 아롬이가 보는 앞에서는 차마 포획할 수가 없어서 오전은 그냥 녀석들에게 간식 파티를 열어주고 끝났다. 오후가 되어 다시 포획을 시도하려는데, 이번에는 아쿠가 보이지 않았다. 무슨 낌새를 채기라도 한 걸까? 하염없이 녀석을 기다렸다. 녀석은 저녁이 다 돼 마당에 들어섰다. 기다림에 비해 포획은 순조롭게 진행됐다. 포획틀 안에 녀석들이 좋아하는 마타타비 가루를 뿌려주었더니 녀석들 얼씨구나 하면서 들어가 정신없이 뒹구는 거였다.

그렇게 아쿠와 아톰도 임시공간으로 무사히 옮겼다. 정작 사람 이사는 그다음날 이루어졌다. 집고양이도, 아쿠와 아톰도 문제는 적응이었다. 집고양이 다섯 마리는 이사한 지 열흘이 지났는데도 여전히 원목 화장실 안에 들어가 나올 생각을 하지 않았다. 그나마 생강이는 이따금 나와서 선반을 오르내리고, 랭보(삼색이, 열네 살)는 가끔 밥 먹을 때만 알은체를 하며 야옹거렸다. 반면 아쿠와 아톰은 사흘 정도 지나자 임시공간을 자유롭게 돌아다니고 밥도 잘 먹고 잠도 잘 잤다.

사실 이사 전 아쿠와 아톰을 나에게 데려온 아비와는 마지막 인사를 나눴다. 일주일에 한 번 올까 말까 발길이 뜸해진 아비가 한밤중에 찾아왔기에 갖은 간식을 대접하며 아쿠와 아톰을 데려가겠다고 말했다. 그동안 고마웠다고. 아롬이와는 아쿠와 아톰을 포획하는 날 마지막 인사를 나눴는데, 뭔 일인지 사람 이사를 하는 날 또다시 찾아왔다. 이삿짐을 나르는 사람들 때문에 가까이 오지는 못하고 멀찍이 둑방에서 이쪽을 바라보고 있었다. 마음이 아팠지만, 아롬이도 아비도 따로 돌보는 곳이

얼마 전 이사하면서 아쿠와 아톰을 함께 데리고 왔다.
아쿠와 아톰이 새로운 영역에서 적응할 때까지 임시로 머물 공간을 마련했다.

보고만 있어도 기분이 좋아지는 아톰의 표정.

있으니 그나마 다행이란 생각이 든다.

그렇게 봄날의 이사는 끝이 났지만, 이사하면서 신경을 너무 쓴 나머지 내가 정작 몸살이 났다. 두고 온 고양이들과 갚아야 할 대출이자와 앞이 보이지 않는 미래가 두통을 동반했다. 내 일의 내가 알아서 하겠지, 라는 생각과 내일은 더 약해진 내가 있겠지, 라는 생각이 어지럽게 머릿속을 떠다녔다.

"이제 작가님만 적응하면 될 것 같네요"

고양이에게도 이사는 엄청난 스트레스다. 개묘차가 있겠지만 새로운 환경에 적응하는 데 일주일이 걸리는 고양이도 있고, 한 달 넘게 걸리는 경우도 있다. 집고양이 다섯 마리 중 세 마리는 적응이 더뎌서 한 달 넘게 은신처에 숨었다가 밥 먹을 때만 몰래 나오는 패턴을 반복했다. 다행히 아쿠와 아톰은 낯선 공간에 생각보다 빠르게 적응한 편이다. 2~3일 구석에 들어가 나오지 않더니 4~5일 만에 임시공간을 휘휘 둘러보고 밥도 고봉으로 먹었다. 임시공간에 설치한 선반과 캣타워도 자유자재로 이용했다.

나는 아쿠와 아톰을 임시공간에서 달포 정도 적응기간을 거치게 한 뒤 방사할 생각이었다. 나중에 녀석들이 활동할 공간이 다 보이도록 임시공간은 울타리 철망을 설치했다. 예상대로라면 5월 말에 이사했으니 7월 중순쯤에 방사했어야 한다. 하지만 그 무렵 하필이면 장마가 시작되었다. 아무래도 장마기간이 끝난 뒤 방사하는 게 좋을 것 같았다. 결국 아쿠와 아톰은 임시공간에서 두 달의 적응기간을 거친 뒤 새로운 땅을 밟게 되었다.

하지만 녀석들이 머무는 임시공간을 100% 개방한 것은 아니다. 집 앞으로는 가끔씩 차량이 운행하는 마을길이 있고, 그 길로 개를 데리고 산책하는 사람들도 꽤 된다. 가끔은 목줄도 없이 개를 데리고 나온 사람들도 있어서 조심할 필요가 있었다. 게다가 40~50미터 거리를 두고 고양이 급식소를 운영하는 이웃이 있어서 그곳을 이용하는 고양이들과의 교통정리도 필요했다. 결론은 녀석들 풀어놓는 시간을 순차적으로 늘려간다는 것. 그리고 당분간은 녀석들을 풀어놓고 곁에서 상황을 지켜본다는 것.

그렇게 임시공간을 나와 또다시 녀석들은 임시적으로 보호관찰의 대상이 되었다. 두어 달 만에 임시공간 문이 열리자 녀석들은 조심스럽게 바깥으로 나와 앞으로 활동할 공간을 천천히 둘러보았다. 잔뜩 긴장한 모습이었지만, 생각보다 두려워하는 기색은 없었다. 두려움보다는 호기심이 앞섰다. 녀석들은 마당을 한 바퀴 돌고 텃밭을 둘러본 뒤 차 밑을 살피며 다른 고양이의 냄새를 맡았다. 말이야 쉽지. 고양이를 풀어놓고 오늘은 한 시간 내일은 두 시간, 이렇게 시간과 행동을 통제한다는 건 사실상 불가능하다.

그런데 아쿠와 아톰에겐 어느 정도 가능한 일이었다. 한번은 아톰이 40미터 떨어진 이웃집 급식소에 가서 그곳을 출입하는 노랑이와 대치하며 목청을 높이고 있었다. 이웃집에 민폐를 끼칠 수 없어 나는 불가피하게 두 녀석의 싸움에 끼어들어 흥분한 아톰을 안고 돌아왔다. 또 한번은 갑자기 소나기가 내리는데, 하필 아쿠와 아톰이 길가 뽕나무 밑에서 비를 피하고 있어서 데리고 들어왔다. 이렇게 말하니까 길고양이가 아니라 강아지 같은 생각이 들지만, 이사오기 전에도 녀석들은 50% 정도는 마당고양이에 가까웠다. 당분간 그렇게 위험한 순간에는 임시공간에 녀석들을 넣어 보호할 생각이다.

아쿠와 아톰이 이곳에 온 지 석 달이 되어가는 지금. 녀석들은 내가 생각한 것보다 훨씬 잘 적응하고 있다. 예전처럼 잔디밭에서 낚시놀이를 하면 20~30분은 진이 빠질 정도로 점프를 한다. 현관 앞에는 연꽃 항아리 세 개를 두었는데, 가끔은 그곳에 와서 고개를 갸웃거리며 꽃 구경도 한다. 다만 아쉬운 것은 두 녀석이 그렇게 좋아하는 나무 타기를 할 만한 나무가 아직 없다는 것이다. 이사하자마자 텃밭가에 복숭아나무도 심고 살구나무도 심었으나, 고양이가 오르내릴 정도로 크려면 아직 멀었다.

이사한 지 달포쯤 지났을 때다. 서울에 인터뷰가 있어 오랜만에 나갔는데, 아쿠와 아톰의 소식을 물어보는 거였다. 생각보다 잘 적응하고 있다고, 그래도 아직은 불안하다고 대답했던 것 같다. 그러자 인터뷰어가 하신 말씀. "아, 다행이에요. 이

제 작가님만 적응하면 될 것 같네
요." 정곡을 찌르는 말이었다. 정
작 새로 이사한 곳에 적응하지 못
한 건 나밖에 없는 것 같다. 모든
것이 여전히 낯설고 불안하기만
하다.

고양이와 이사하고 나서 가장 먼저 한 일은 마당에
복숭아나무 두 그루를 심고 자배기 항아리에 연꽃 구근을 심는 일이었다.
연꽃이 피자 아쿠와 아톰은 자연스럽게 그 주변을 어슬렁거렸다.

4부

○

길고양이들아,
죽을 때까지는 죽지 말아라

절망의 끝에서 만난 2호점

처음 시골로 이사를 왔을 때만 해도 마당에 1호점 식당만 있어
도 좋겠다고 생각했다. 하지만 동네를 오가며 만나는 고양이들
을 차마 외면할 수가 없었다. 먹을 게 없어서 벌건 총각무에 언
호박까지 먹는 고양이를 보면서 저도 모르게 사료를 퍼다 나르
는 나를 발견하게 되었다. 서너 마리에게 시작한 밥 배달은 1년
쯤 지나자 열댓 마리가 넘었고, 2년쯤 지나자 30~40마리에 이
르렀다. 배달만으로 운영하는 야외 급식소만 네 곳. 정기적으
로 사료 후원을 하게 된 2호점 고양이까지 포함하면 50마리가
넘는 고양이들에게 직간접적으로 밥 배달을 하게 된 것이다.

그렇게 4년 넘게 시골고양이를 위한 야외 급식소를 운영했
다. 그러나 급식소를 폐쇄할 수밖에 없는 상황이 연이어 발생
했다. 급식소 인근에서 봄가을로 텃밭에 쥐약을 놓아 해마다
열 마리 넘는 고양이가 참변을 당했다. 우리집뿐만 아니라 고
양이 밥을 주는 곳에서는 어김없이 쥐약을 놓는 일이 벌어졌
다. 이웃마을에는 시골에서 보기 드문 캣맘이 있었는데, 그분
이 밥 주고 돌보던 고양이들도 대부분 그렇게 사라졌다고 한
다. 옆집 옻닭식당 주인이 툭하면 쥐약을 놓아 고양이를 죽인

다는 것이다. 이유는 고양이가 텃밭을 파헤쳤기 때문이란다. 그 인근에서 내가 밥을 주던 봉달이라는 고양이도, 여울이와 개울이도 그렇게 고양이별로 떠났다.

밥 주던 아이들이 어느 날 갑자기 사라지거나 사체로 발견될 때마다 나는 며칠씩 잠을 이루지 못했다. 대부분 심증이 있어도 물증(텃밭에 남은 수상한 밥그릇만으로는 증거가 될 수 없었다)이 없으니 신고를 할 수도 없었다. 꼭 내 잘못인 것만 같다. 결국 지켜주지 못한 아이들에 대한 죄책감과 언제 또다시 참변이 일어날지 모르는 불안감이 나를 포기하게 만들었다. 그 무렵 겨우 살아남은 고양이들조차 두려움으로 종적을 감추기 일쑤였으니 급식소를 운영할 이유마저 사라져버린 것이다.

그러나 절망의 끝에서 만난 고양이 해방구 같은 곳이 있었으니 2호점 목련식당이었다. 내가 목련식당을 처음 알게 된 것은 시골로 이사를 와 1년이 지난 2010년이었다. 우연히 아랫마을을 산책하다가 마당에 여남은 마리 고양이가 앉아 있는 모습을 보았다. 잠시 후 할머니가 현관문을 열고 나오자 녀석들은 일제히 꼬리를 하늘로 치켜올리며 할머니 곁으로 달려갔다. 프라이팬에 멸치와 달걀 프라이를 가지고 나온 할머니에게 녀석들은 열렬한 환영 세리머니를 펼쳤다. 나는 이튿날 사료 한 포대를 가져가 할머니에게 건넸고, 이후 일주일에 한 번씩 사료 후

할머니의 보살핌을 받아 하나같이 깔끔하고 건강해 보이는 아깽이들.

2호점 고양이 중 등에 고래무늬가 있어 '고래'라는 이름을 붙인 고양이.

원을 하며 내 맘대로 고양이 식당 2호점으로 불렀다.

　70대 후반인 할머니는 자주 낚싯대로 고양이와 놀아주었고, 빨랫줄에 줄줄이 고양이가 좋아하는 장난감을 매달아놓기도 했다. 고양이들이 마당의 감나무를 캣타워처럼 오르내리고 꽃이 피는 화단을 마구 짓밟아도 할머니는 한 번도 고양이를 나무라지 않았다. 고양이들은 봄이면 목련과 벚꽃이 흩날리는 마당에서 온종일 뒹굴었고, 가을이면 단풍나무에 오르거나 낙엽이 쌓인 마당에서 단체 발라당을 즐겼다.

　나는 모든 고양이가 유유자적하며 평화로운 일상을 즐기는

70대 후반인 할머니는 자주 낚싯대로 고양이와 놀아주었다.

2호점이 마냥 좋았다. 시골에 내려온 뒤 막연히 꿈꾸던 '고양이와의 공존 모델'이 바로 여기에 있었다. 일주일에 한 번씩 사료를 후원하면서 정작 위로가 되고 도움을 받는 쪽은 언제나 나였다.

"함모니! 저 이렇게 아무케나 대충 들고 다니지 마시지……"

목련식당

봄이 되면 목련식당 전원고양이들은 단체로 마당을 노닐며 꽃 피고 새 우는 전원 생활을 만끽한다. 한번은 사료 후원차 할머니 댁에 들렀는데, 할머니께서 나를 보자마자 소매를 잡아끌었다. "아이고, 어제 좀 오지 그랬어. 어제는 정말 기가 막혔어. 금순이가 여기 애들을 죽 데리고 저기 벚나무로 올라가는데, 거의 꼭대기까지 막 올라가서 놀더라고. 여섯 마린가 그랬어, 그래 내가 히야 저걸 사진으로 찍어야 되는데, 그랬다니까. 속으로 내가 하이고 이선생이 와야 하는데, 그러면서."

할머니는 늘 나에게 좀더 그럴듯한 그림을 보여주고 싶어했다. 하지만 있는 그대로의 모습도 나에겐 언제나 그림이었다. 호미를 들고 화단의 흙을 보슬보슬 돋우는 할머니 곁에서 궁금함을 참지 못해 주변을 맴도는 고양이, 화단에 막 올라오기 시작한 앵초꽃을 신기한 듯 바라보는 고양이, 잔디밭에 둥그렇게 둘러앉아 낮잠을 자는 고양이들. 벚꽃이 질 무렵 2호점 마당에는 한바탕 우다다 전쟁이 벌어지곤 한다. 봄볕으로 에너지를 충전한 고양이들이 서로 날뛰고 뒤엉키며 무차별 싸움놀이를 즐기는 것이다. 마당에서 예닐곱 마리 고양이가 풀쩍풀쩍 뛰어

마당에 꾹꾹이를 했더니 새싹이 올라왔다.

"목련도 지는데, 우리 뽀뽀나 할까?"

오르고 씨름을 했다가 레슬링으로 종목을 갈아타더니 어느새

마당을 한 바퀴 도는 쇼트트랙이 되어버린 이 소란한 평화!

시끌벅적 소란스러운 마당의 싸움놀이와 무관하게 몇몇 녀

석은 야외 탁자를 놀이터로 삼았다. 녀석들은 구멍 뚫린 둥그런 탁자를 캣 타워처럼 오르내리며 장난을 쳤다. 한 녀석은 탁자 다리에 척 하고 손을 올려놓고 손 받침대로 사용했다. 또 어떤 녀석은 탁자 다리를 딛고 올라서 구멍 속으로 쏘옥, 고개를 내밀었다. 탁자에 뚫린 구멍이 녀석들의 호기심을 자극하는 듯했다. 사소한 것에서도 재미를 추구하는 멋진 녀석들. 사실 내가 고양이를 찍는 이유 중 하나도 이런 사소한 것들 때문이다. 거창하게 메시지를 전달하기보다는 그냥 이렇게 사소하고 재미난 고양이만 찍을 수 있어도 좋겠다.

마당 앞에는 어느덧 목련이 한창이었다. 절정에 다다른 꽃봉오리는 잔디마당에 서둘러 꽃잎을 떨구기 시작했다. 몇몇 고양이는 목련 꽃잎이 깔린 잔디밭을 사뿐사뿐 거닐었다. 바람이 불 때마다 목련이 지고, 져버린 목련은 자꾸만 잔디밭에 하얗게 깔리는데, 어떤 녀석은 지는 꽃이 야속하다며 꽃발라당까지

목련식당에서는 모든 고양이들이 목련 지는 소리를 들으며 밥을 먹는다.

했다. '목련나무 아래서 발라당하는 기분, 안 해봤음 말을 말라냥!' 녀석의 속엣말이 들리는 것만 같다.

할머니가 사료 포대를 뜯어 새 사료를 목련나무 아래 내놓자 그곳은 순식간에 '목련식당'이 되었다. 밥을 먹으며 꽃구경을 하고, 더러는 밥그릇으로 목련 꽃잎이 떨어지는 목련식당. 고양이들이 목련 지는 소리를 들으며 밥을 먹는 목련식당. 그날 이후 2호점은 나에게 '목련식당'이 되었다. 나의 꽃 같은 시절은 다 갔지만, 고양이들에겐 지금이 한창 꽃 같은 시절이었다. 목련식당에서 밥을 먹는 고양이들의 모습을 보며 할머니는 목련처럼 웃었고, 나는 목련보다 고양이가 좋았다고 중얼거려보았다.

낙엽은 고양이도 뒹굴게 한다

가을도 끝물에 접어들면서 알록달록 단풍이 들었던 나무들도 서둘러 잎을 떨구기 시작했다. 은행잎은 어느덧 다 졌고, 벚나무와 느티나무도 가지만 앙상하게 남았다. 낙엽이 떨어질 무렵 한적한 시골에서 만날 수 있는 풍경 중 하나는 낙엽을 찾아 모여든 고양이일 것이다. 대체로 무심하게 지나쳐서 보지 못할 수도 있지만, 낙엽이 수북이 쌓인 곳일수록 고양이가 있을 확률이 높다.

아랫마을 전원고양이들은 이맘때 어김없이 낙엽이 융단처럼 깔린 벚나무 아래 머물곤 했다. 쌓인 낙엽이 무슨 카펫이라도 되는 듯 녀석들은 거의 온종일 이곳에 머물며 온갖 장난을 치다가 쥐죽은듯 낮잠을 자곤 했다. 뭐, 가끔 어떤 고양이는 무리에서 벗어나 혼자 있겠다며 고독한 방랑묘처럼 공연히 낙엽길을 배회하기도 했다. 그러나 역시 낙엽

이 지천인 곳에서는 고양이도 무리지어 노닐고 뒹구는 게 보기
에도 좋다. 녀석들은 서로 뒤엉켜 싸우다가도 언제 그랬느냐는
듯 서로 그루밍을 해주고, 체온을 나누며 꾸벅꾸벅 존다.

급히 마시다 체하지 말라고 낙엽을 띄워놓은 느티나무의 배려.

한번은 목련식당 할머니가 마당에 쌓인 낙엽을 갈퀴로 그러
모아 한편에 낙엽더미를 만들어놓은 적이 있다. 할머니는 이걸
한뎃부엌에서 백숙 해먹을 때 태워야지 하고 있었는데, 고양이
들이 삼삼오오 모여서 이 낙엽더미를 침대로 쓰거나 이불로 덮
고, 더러 우다다 하다가 몸을 날리는 매트리스로 사용하는 것
을 보고는 마음을 바꿨다. 그래 겨우내 여기서 너희들 이불이
나 해라, 하면서. 서울 사는 고양이들에게도 이런 낙엽보일러
하나씩 놔드리고 싶은 심정 굴뚝같다.

벚나무 단풍이 지는 뒤안길에서 단체 발라당중인 2호점 고양이들.

이맘때 목련식당에서 만난 가장 인상적인 장면은 이것이다. 집 뒤란으로 펼쳐진 소나무 동산에서 서너 마리 고양이가 산책을 하고 있었는데, 오래된 노송과 고양이의 조합이 보기에 좋았다. 소나무와 고양이. 특히 고등어 두 마리와 노송의 조합은 아름다움을 넘어 신비롭기까지 했다. 고양이의 고등어무늬와 소나무 껍질무늬가 그렇게 잘 어울릴 수가 없었다. 난 그 매력적인 조화에 정신없이 셔터를 누르곤 했는데, 내 사진기술과 능력의 부족으로 매번 그 모습을 제대로 담아낼 수가 없었다.

그곳에는 참으로 멋진 소나무가 많았다. 보기에도 오래되어

소나무 껍질무늬와 고양이의 고등어무늬가 묘하게 어울린다.

밑동이 큼지막한 노송, 용틀임하듯 가지를 하늘로 뻗친 소나
무, 거북이 등딱지 같은 껍질무늬가 유난히 선명한 소나무, 멋
지게 등이 굽은 소나무…… 그 멋진 소나무숲에 고양이가 있다
는 것만으로 그것은 충분한 아름다움이 되었다.

고사목에 올라 단풍 구경을 하는 고양이.

폭설에도 지지 않아

한겨울 폭설을 반기는 고양이는 많지 않을 것이다. 2호점 전원 고양이들도 마찬가지다. 폭설이 내리면 이 녀석들의 활동은 눈에 띄게 줄어든다. 그렇다고 녀석들이 둥지에 틀어박혀 눈이 녹기만 기다리는 것은 아니다. 오전에 밥을 먹고 나면 어린 녀석들 위주로 눈밭 우다다를 선보인다. 어떤 녀석은 어디서 났는지도 모르는 새 깃털을 잡고 현란한 '고양이 춤'을 춘다. 두 마리가 마주한 채 서로의 허리를 붙들고 씨름을 하는 녀석들도 있다. 하긴 발목까지 눈이 쌓였으니 넘어져도 푹신하겠다.

더러 마당가에서 눈밭을 파헤쳐 볼일을 보는 고양이도 있다. 그래봤자 눈밭을 헤쳐 일을 본 뒤 다시 눈으로 덮는 거지만, 일을 보고 난 고양이는 깔끔한 뒤처리에 만족해하는 눈치다. 그런데 마당에서 볼일을 볼 때면 반드시 거쳐야 하는 통과의례가 있다. 한창 일을 보고 있을 때 주변에 꼭 한두 마리는 눈밭에 납작 엎드려 공격 자세를 취하는 것이다. 일명 고양이 발사 자세. 생각 없이 일을 끝낸 고양이가 뒤처리를 하고 나올 찰나에 잔뜩 엎드려 있던 고양이가 미사일처럼 슝 날아가 무방비 상태의 목표물을 공격하는 것이다. 가끔은 이쪽과 저쪽에서 같은 목표

코 빨간 사춘기. 묘생 첫 폭설에 당황한 고양이.

물을 향해 동시에 발사될 때도 있다. 무방비 상태에서 공격을
당한 고양이는 또 열 배, 백 배로 보복하겠다며 눈밭이 한동안
아수라장이 된다.

날씨가 좀 풀리는 날이면 오랜만에 몸을 풀려는 고양이들로 2호점 마당은 시끌벅적하다. 볕 좋은 장독대 앞에서 공연히 시비를 거는 녀석도 있고, 마당 한가운데 자리한 감나무를 오르내리며 나무 타기 실력을 자랑하는 녀석도 있다. 피할 수 없으면 즐기자며 아예 대놓고 눈밭을 전력질주하는 녀석도 있다. 노랑이가 뛰면 고등어도 뛴다고 한 녀석이 시작한 무작정 날뛰기는 꼬리에 꼬리를 물고 이어진다. 달려야 하는 이유 따위 달리면서 생각해도 충분하다. 그래, 이런 폭설과 혹한 속에서는 가만 움츠려 있는 것보다 무작정 날뛰는 것이 더 낫다. 그것이 이 추운 겨울을 견디는 더없이 좋은 방법이다.

마당의 감나무는 이제 고양이 전용 캣타워가 되었다.

"추울 땐 다 필요 없고 이렇게 꼭 붙어 있음 따뜻하다냥!"

　　사실 2호점 고양이들은 마당고양이나 다름없는 녀석들이라
먹이를 구하거나 사냥해야 한다는 부담이 없다. 바로 그 점이
이 녀석들을 눈밭에서도 신나게 놀게 하는 원동력인 것이다.
한바탕 마당에서 신나게 뛰어논 고양이들은 이제 단체로 테라
스에 올라가 해바라기를 하거나 그루밍을 한다. 더러 마구 날
뛴 탓에 체력이 소진된 녀석들은 옆 고양이 엉덩이를 베고 까
무룩 곯아떨어진다. 아무리 추운 날에도 녀석들의 모습은 그저
따뜻하기만 하다.

고양이 다 총으로 쏴 죽이겠다는 경찰

목련식당에 사료 후원을 한 지 3년째인 2012년 11월쯤이었다. 맨 처음 이곳을 찾았을 때 여남은 마리였던 고양이는 어느덧 스무 마리에 이르렀다. 나는 1년 전부터 할머니의 부담을 덜어드리기 위해 아이들의 중성화수술을 제안했다. 할머니는 1년간 고심한 끝에 나의 제안을 받아들였고, 곧바로 나는 여러 명의 자원봉사자를 모아 '전원고양이 TNR 프로젝트'를 시행했다. 그 결과 포획에 실패한 몇 마리를 제외한 12마리 고양이의 중성화수술을 성공리에 마칠 수 있었다. 할머니도 도와주신 모든 분들에게 고맙다는 말을 전했다. "아이고, 그동안 엄두가 나지 않았는데, 한시름 놓았네."

이제 수술을 마친 아이들과 알콩달콩 오래오래 살 일만 남은 것이다. 그런데 한차례 눈이 내린 겨울 어느 날, 평화로운 날들이 일순간 공포로 바뀌는 사건이 벌어지고 말았다. 내가 2호점 대문을 열고 사료 한 포대를 내려놓는데, 할머니가 손을 부들부들 떨며 내 손을 잡았다. "내가 아직도 심장이 벌렁벌렁해. 요 뒷집 사는 양반이 경찰이여. 얼마 전 병아리를 사와서 마당에 풀어놨나봐. 근데 어제 뒷집 사람이 여기 와서는 막 고함을 지르면서 이 집 고양이가 병아리를 다 죽였다고 난리를 치는 거야. 그래 난 확인도 못해보고, '아이구, 이를 어째' 미안하다고 사과하면서 병아리 값을 물어주겠네 했더니, 한 마리에 5천 원에 사왔대. 그러더니 이놈의 고양이들 내 총으로 다 쏴 죽이겠다고 그러는 거야. 그렇게 한바탕 난리굿을 치르고 집으로 돌아갔어. 그래 내 병아리 값을 주머니에 넣고 그 집으로 올라갔어. 그런데 마당에 병아리가 다 있더라고. 두 마린가 목 뒤에 깃털이 뽑히긴 했는데, 죽지는 않고 잘 뛰어댕기드라구. 이 사람이 있지도 않은 거짓말까지 해가면서 우리집에 와서 협박을 한 거지. 그래 내 괘씸하더라구. 아무리 경찰이지만, 지가 무슨 자격으로 여기 고양이를 총으로 쏴 죽이겠다고. 그 총 고양이 쏴 죽이라고 준 건가. 아이고 이를 어쩜 좋아. 마음이 지금도 불안불안한 게……"

순간 먹먹해졌다. 그냥 할머니 손만 한참 꼭 잡고 있었다. "내가 이런 게 무서워서도 이사를 가야 하는데, 아직도 살 데를 못 구했어." 할머니는 눈시울까지 적셨다. 그리고 며칠 뒤 나는 다시 2호점을 찾았다. 사료를 내려놓기 무섭게 할머니가 눈물을 글썽이며 말씀하셨다.

"어저께 뒷집 사람이 술을 잔뜩 먹구 한밤중에 찾아왔어. 우리 딸하구 나하구 여자 둘이 사는데…… 현관문까지 벌컥 열구 들어오려는 걸 내가 막 내보냈어. 좋게 얘기해서 보내려고 내

"고양이에게 죄가 있다면 인간의 마음을 훔친 것밖에 없다냥!"

가 그러는데, 또 삿대질을 해대면서 이놈의 고양이들 총으로 다 쏴 죽인다고, 다 잡아다 죽이겠다고. 내가 막 빌다시피 했어. 근데 이 인간이 정말 보자 보자 하니까, 나한테 삿대질을 해대 더니 나를 막 밀치고. 그래서 내 더이상 참을 수 없어서, 야 이 놈아, 어디 할 짓이 없어서 노인네한테 행패를 부려. 그 집 아줌 마가 나오구, 우리 딸도 나와서 그만하라고, 내 그래서 참았어. 내가 오죽 답답했으면 어제 이선생한테 전화를 하려구 했다니 까. 어디 하소연할 데도 없고. 지금도 내가……" 할머니는 말을 잇지 못했다.

"내 오늘 이래 고양이를 보고 있는데, 저놈들이 왜 그렇게 불쌍해 보이는지. 몇 마리는 놀래서 집을 나갔어. 여기 있는 애들도 무서우니까 다 마루 밑에 들어가 숨어 있고. 내 우리 아들한테는 아직 말 안 했어. 걱정할까봐."

협박을 한 사람이 동네 사람이긴 해도 상대는 일단 경찰이었다. 그것도 이 지역을 담당하는 경찰이었다. 함부로 나설 수가 없었다. 할머니 또한 신고는 하지 말아달라고 부탁했다. 당신이 이사를 가면 그만이라는 것이다. 뒷집의 경찰이 술에 취해 행패를 부리고 간 다음날 아침, 할머니는 그로부터 형식적인 사과를 받았다고 한다. 정말 사과 같지도 않은 사과였다고.

"새벽에 꿈을 꾸었는데, 참 희한하지. 우리집 고양이가 저 뒤에 소나무 있는 묏등 있지. 거길 올라가더니 '나 분신하겠다고, 억울하다고' 그러더니 불에 활활 타오르지 뭐야. 내가 막 말리다가 내려오는데, 대문 앞에 이선생이 이래 사료를 들구 서 있는 거야."

고양이도 얼마나 억울했으면 할머니 꿈속에 나타났을까. 그렇게 사건이 일단락되는 줄 알았다. 그런데 달포쯤 지나 이번에는 마을 이장이 찾아와 고양이 키우지 말라고 협박을 했다고 한다.

"아이고 내가 더는 못 참겠어. 이사를 가야지."

할머니는 그동안 여기저기 알아보고 이사갈 곳도 정했다고

흔한 동네 사진관의 가족사진.

했다. 문제는 고양이를 옮기는 일이었다. 몇 차례 소동을 겪으면서 전원고양이 중 한 마리는 이유 없이 무지개다리를 건넜고, 네댓 마리는 아예 집을 떠났다고 한다.

"내가 늘그막에 그래도 저 녀석들을 위안 삼아 사는데, 데려가야지. 이번에도 이선생이 좀 도와주면 좋겠어."

그렇게 할머니는 목련이 질 무렵 목련식당을 떠나 산중 깊숙한 곳으로 이사를 했다. 내가 할머니에게 해드릴 수 있는 건 고양이 이주를 돕는 것. 할머니를 돕기 위해 먼길을 달려온 여러 자원봉사자들과 함께 나는 3일에 걸쳐 12마리를 포획해 새로운 공간(마당에 녀석들의 적응을 돕기 위한 임시펜스도 설치했다)에 이주시켰다. 고양이 이주까지 다 마치고 할머니는 말씀하셨다.

"나한테 와서 고양이 들먹이며 협박하고 못되게 군 사람들, 다 용서하기로 했어. 어쩌겠어. 마음에 담아두면 병만 될 텐데."

할머니마저 용서한 사람들인데, 나만 아직 용서가 안 돼 마음에 차곡차곡 쌓인 화가 영혼을 잠식하고 있는 중이다.

산중 외딴집에서 고양이와 함께

2호점이 이사한 곳은 산너머 마을에서도 산중 외딴집이다. 고양이에게 쥐약을 놓는 이웃도, 고양이 키우지 말라는 협박도 없는 적막하고 외로운 곳이다. 오죽하면 할머니가 이런 곳에 터를 잡았을까 싶다. 사실 전원고양이들이 먼 곳으로 이사하면서 그곳을 찾는 나의 발길도 뜸해졌다. 일주일에 한 번씩 찾던 발걸음은 한 달에 한 번 정도로 바뀌었다. 하지만 사료 후원만은 예전과 별로 달라진 게 없어서 한 번 갈 때마다 한 달 분량 사료를 내려놓곤 했다.

낯선 곳으로 이주한 고양이들은 한 달 정도 적응기를 거친 뒤 방사했는데, 생각보다 적응이 빨라서 놀라울 정도였다. 한번은 녀석들이 이사하고 1년이 지나 사료 후원차 방문했는데, 고양이들이 마당에 일렬종대로 앉아 나를 마중하는 거였다. "아이고 인석들, 이리로 이사와서는 다들 산으로 들로 나댕겨 이렇게 한자리에 모이기가 쉽지 않은데, 오늘은 웬일이래!" 할머니는 신기하다는 듯 말했다. "아무래도 애네들이 오늘은 이 선생한테 고마움을 전하고 싶은가부네, 거참!"

세상의 모든 고양이가 배곯지 않고 무탈하기를, 이렇게 두 손 모아 기도합니다.

할머니는 여든이 훌쩍 넘은 연세에도 여전히 아랫마을까지 내려가 길고양이 밥을 주고, 집 앞 산속에 고라니와 너구리 밥도 따로 챙겨주신다. 지난가을에도 할머니는 등산로 주변에서 밤이며 도토리를 잔뜩 주워놓았더랬다. 그냥 두면 등산객들이 다 주워간다며 아픈 몸을 이끌고 열매들을 채취해놓은 것이다. 이렇게 모은 열매는 겨울에 눈이 내리면 한 보따리씩 산속에 풀고 있다. 배고픈 산짐승 먹으라고. 그걸 벌써 몇 년째 해오고 있다. 한번은 이런 일이 있었다. 장독대에서 고양이들이 햇볕을 쬐며 자고 있었는데, 맨 끝에 모르는 고양이가 한 마리 누워 있어 누군가 하고 봤더니 너구리 한 마리가 고양이들 옆에서 자고 있더라는 것이다. 날씨가 쌀쌀해지면서 산중 집에는 어미 너구리가 새끼 너구리 두 마리를 데리고 밥을 먹으러 다녔다고 한다. 처음에는 고양이들도 하악거리고 으르렁거린 모양인데, 넉살 좋은 너구리들이 그 상황을 다 견디고 저렇게 고양이들 틈에서 낮잠까지 자는 지경에 이르렀다고.

사실 할머니는 몇 년 전부터 건강이 계속 안 좋은 상태이다. 앞니도 다 빼고 소화가 잘 안 돼 죽만 먹는데다 최근에는 천식이 생겨서 숨쉬기조차 편치 않으신 모양이다. 게다가 2년 전엔 발을 헛디뎌 고관절을 다치는 바람에 지금까지도 거동에 불편을 겪고 있다. 고관절을 다친 후 할머니는 아랫마을에 길고양이 밥을 줄 수 없어 아쉽다고 했는데, 할머니의 처지를 알기라도 한 듯 아랫마을에서 밥 주던 고양이들이 최근에는 이곳 산중까지 원정을 온다고 한다. 얼마 전 내가 들렀을 때도 산에서 산짐승 움직이는 소리가 나서 살펴보니 고양이 가족이 앉아 있었다. "아이고, 저 녀석들 벌써 행차하셨네. 저기 맨 뒤에 앉은 얼룩덜룩한 게 엄마여. 나머지는 새끼들인데, 벌써 저렇게 컸네. 새끼들이 쪼만할 때부터 엄마가 델꾸 올라와 밥을 멕이구 그러더니 저렇게 키워놨네." 할머니에 따르면 녀석들이 마당 쪽으로만 오지 않으면 이곳의 고양이들도 산에서 밥을 먹는 것은 눈감아준다고 한다.

"저 녀석들이 사료 안 주면 줄 때까지 마냥 저러고 있어. 그러니 어째. 지팡이 짚고 내가 살살 올라가 사료 주고 오는 거지."

고관절을 다쳐 거동이 불편한 할머니께서 산냥이들을 위해 지팡이까지 짚고 올라가 사료 배달을 한다는 것이었다. 불과 1년 전까지만 해도 그랬다. 하지만 작년 겨울부터 할머니의 건강은 급속도로 나빠져 아예 거동을 할 수 없는 지경에 이르렀다. 올 2021년 5월 말 내가 이사하게 되어 방문했을 때에도 할머니(87세)의 건강 상태가 좋지 않아 결국 인사를 드리지 못했다. 2호점 전원고양이에게 사료 후원을 한 지도 어언 12년이 되었다. 12년이 흐른 지금 할머니가 사는 산중 외딴집에는 네 마리의 고양이가 살고 있다. 모두 산 날보다 살날이 많지 않은 고양이들이다. 지금은 몸이 불편한 할머니를 대신해 따님께서 할머니의 요양을 돕고 고양이도 돌보고 계신다. 작년 여름 할머니가 했던 말이 여전히 머릿속을 맴돈다.

"아이구, 이르케 10년 넘게 우리 애들 사료 챙겨줘서 고마우이."

도리어 고마운 건 나다.

"할머니는 제가 힘들 때 언제나 그곳에서 밝게 빛나던 별이었습니다."

3호점 OPEN

봄이었다. 2호점 사료 배달차 운전을 하고 가다가 꽃구경에 넋을 놓아 그만 마을 하나를 지나치고 말았다. 적당한 곳에서 차를 돌리려고 다릿목 쪽으로 좌회전할 때였다. 농가주택의 열린 나무대문 사이로 서너 마리의 고양이가 빠져나왔다. 주택 앞 텃밭에도 노랑이 한 마리가 이랑을 파헤치며 뒤처리를 하고 있었다. 다릿목 공터에 차를 세우고 고양이가 빠져나온 집으로 걸어가보았다. 고개를 빼꼼 내밀어 대문 안쪽을 들여다보는데, 프라이팬을 사이에 두고 여러 마리 고양이가 둘러앉아 밥을 먹고 있었다.

그런데 프라이팬에 담긴 음식은 치킨 몇 조각과 사람이 먹는 밥이 전부였다. 그때 안채 문이 열리면서 밖으로 나오는 아저씨와 눈이 마주쳤다. "아이고, 고양이가 많네요." "아휴, 말도 말어유. 적을 땐 스무 마리, 많을 땐 서른 마리씩 와서 밥을 먹어유." "근데 치킨을 주셨는데, 애들이 잘 먹나요?" "먹을 게 없으니까. 이것도 없어서 못 먹쥬, 뭐. 사료 살 돈은 없고, 읍내에 아는 사람이 치킨집을 하는데, 거기서 남는 거나 버리는 거 이래 가지구 와 먹이구 있어유. 어떡해유. 이거라두 먹구 살아야

3호점 고양이들은 처음 만났을 때 치킨집에서 버린 음식을 먹고 있었는데, 그조차 서로 먹겠다고 싸우고 있었다. 그게 안쓰러워 2014년 봄 사료 후원을 시작했고, 현재까지 계속하고 있다.

"좋아, 자연스러웠어! 냥패밀리 일원인 줄……"
(3호점 캣대디는 국도변에 버려진 유기견을
데려와 정성스레 돌보고 있다. 내가 사진이라도
찍을라치면 녀석은 고양이 보호한다고 늘 앞으로
나와서 나의 접근을 막곤 한다.)

쥬." 비록 사료는 아니지만 없는 형편에 이렇게라도 고양이를
생각하고 있다는 것에 가슴이 시큰했다.

그래도 고양이들에게 언제까지 치킨이나 먹게 할 순 없어
서 나는 덜컥 사료 후원을 약속하고 말았다. "저도 넉넉하지는
않지만, 다음주부터 고양이 사료를 갖다드릴게요. 오늘은 일
단 차에 실어놓은 사료 한 포대 내려놓고 가겠습니다." 그렇게
2014년 봄, 3호점과의 인연이 시작되었다. 3호점에는 늘 20마
리 이상의 고양이가 드나들었고, 사료 또한 2호점보다 두 배 이
상의 양이 필요했다. 어쩌자고 난 또 외면하지 못한 것일까. 뒤
늦게 안 사실이지만, 이곳의 캣대디는 얼마 전 담낭 제거 수술

가운데 경계선을 기준으로 노랑이파와 고등어파가 깔맞춤으로 앉아 있다.

을 받은 탓에 밥이나 건더기 있는 음식을 소화시키지 못한다고
한다. 자기 몸도 성치 않으면서 그동안 고양이들에게 선의를

베풀어온 것이다.

신기한 건 이후 3호점에 사료 배달을 갈 때마다 그곳의 아이들은 내가 후원자라는 걸 다 안다는 듯 대문 앞에서 눈인사를 건네곤 했다. 두어 마리는 몇 번 스친 게 전부인 내 앞에서 발라당을 하며 나를 환대해주었다. 그동안 사진 찍을 일이 전혀 없었을 텐데도 녀석들은 보은이라도 하는 양 한껏 포즈를 취하고 자연스럽게 촬영에 협조했다. 나는 또 그 모습이 대견해 차에 싣고 다니는 접대용 캔을 서너 개씩 따서 즉석 캔밥을 만들어주곤 했다. 고양이에게 야박한 이 시골구석에 3호점은 마치 '고양이 섬'처럼 존재했다.

너구리는 왜 3호점으로 왔을까

수술 부위가 재발해 다시 입원한 캣대디를 대신해 3호점에 사료 급식을 하러 갔다. 사료 포대를 새로 뜯어 세 개의 프라이팬에 그득하게 사료를 채워주고 돌아설 때였다. 뒤란 쪽에서 마당에 스윽 모습을 나타낸 녀석이 있었다. 놀랍게도 그건 너구리였다. 이 녀석도 고양이처럼 뭔가 낌새를 채고 나타난 걸까? 마당에 들어선 너구리는 넉살 좋게 마당을 한 바퀴 휘 돌았다. 그러더니 기어이 사진을 찍고 있는 내 앞 1미터까지 다가와 코를 킁킁거렸다. 하필이면 고양이들이 밥을 먹고 있는데, 녀석은 밥그릇 2~3미터 앞 빨래 장대 앞에 앉아 순서를 기다렸다.

너구리가 너무 가까이 와 있는 게 부담스러웠던 걸까? 밥을 먹던 네 마리 중 세 마리 고양이가 슬슬 꽁무니를 빼더니 대문 앞에 가 앉았다. 때는 이때다 싶어 너구리는 그릇 하나를 차지하고 사료를 먹기 시작했다. 유일하게 삼색이만 너구리를 예의주시하며 옆에서 밥을 먹었다. 고양이와 너구리가 그릇 하나씩을 차지하고 밥을 먹는 풍경이라니. 외국의 동영상에서나 보았을 풍경이 한국의 한 시골마당에서 펼쳐진 것이다. 너구리는 그렇게 사료그릇에 머리를 처박고 한참이나 밥 먹는 데 집중했

너구리가 옆에서 밥을 먹든 말든 삼색이는 별로 개의치 않는 눈치다.

다. 마주보고 밥을 먹던 삼색이는 어느덧 배를 다 채웠는지, 대
문 쪽으로 걸어나왔다.

　그러자 너구리는 삼색이가 먹던 자리를 냉큼 차지해버렸다.
구석이라 은신하기에 훨씬 좋다고 느낀 모양이다. 너구리가 안

쪽으로 자리를 옮기자 마당에 식빵 자세로 앉아 있던 회색 고양이가 이번에는 너구리와 마주보고 사료를 먹기 시작했다. 역시 회색고양이가 다 먹을 때까지도 너구리는 꿈쩍도 하지 않았다. 프라이팬에 담긴 사료를 다 비워낼 작정인가보다. 저렇게 자연스럽게 급식소에 와서 사료 먹는 모습을 보면 한두 번 해본 솜씨는 아닌 듯했다. 다른 고양이들은 여전히 대문에 나앉아 너구리가 사라지기만을 기다렸다.

　사실 작년 겨울 우리집에도 두 마리의 너구리가 나타나 사료를 먹고 가곤 했다. 당시 너구리는 겨울인데도 털이 온통 빠져 있었고(피부병에 걸린 듯) 어딘지 모르게 아파 보였다. 언젠가 2호점 할머니에게 이 얘기를 했더니 당신 집에도 너구리 세 마리가 나타나 밥을 먹다 가곤 했단다. 장독대에서 고양이들과 함께 낮잠까지 자던 대담한 너구리. 할머니에 따르면 겨울에 털이 하나도 없던 너구리가 봄이 되자 통통해지면서 털이 나왔다고 한다.

　한 시간 정도의 시간이 흘렀을까. 너구리는 그새 거짓말처럼 프라이팬 하나를 다 비워냈다. 어지간히 배가 고팠던 모양이다. 내가 마당에서 찰칵거리며 사진을 찍는 동안 뒷산에 갔던 집주인 할머니(3호점 캣대디의 어머니)가 나타났다. 할머니는 너구리를 보더니 태연하게 "쟤 또 왔네" 그런다. "여기 자주 오

겨울이면 종종 우리집에도 너구리가 와서 고양이 밥을 먹고 간다.

3호점 회색이와 너구리의 만남. 회색이는 너구리가 가까이 오면
하악거리지만 일정 거리만 유지하면 별다른 경계를 하지 않는다.

는 애인가요?" "몰라, 저번 주에 보니까 고양이 틈에서 밥을 먹
더라고." 캣대디가 오지 않아 자세히 물어보지는 않았지만, 이
급식소의 단골손님일 가능성이 높았다. 할머니가 마당으로 들
어서자 너구리도 밥그릇을 벗어나 마당으로 나왔다.

마당에 나온 너구리는 느닷없이 회색고양이에게 다가갔다.
영문도 모른 채 회색이는 '하악'을 날렸다. 너구리는 자꾸만 회
색고양이에게 다가섰고, 그때마다 회색이는 주춤주춤 뒤로 물
러났다. 밥 먹는 건 맘대로 해도, 가까이 오는 건 안 된다는 경

고도 잊지 않았다. 너구리는 식빵을 굽는 회색이와 불과 2미터 안팎에 주저앉아 동정을 살폈다. 대문에서 기다리던 고양이는 "다 먹었는데 왜 안 가느냐"면서 너구리를 향해 시위를 했다. 그래도 너구리와 고양이의 사이가 이 정도면 양호한 것이다. 고양이로서는 가뜩이나 사료가 모자라 툭하면 굶어야 하는 급식소에서 자기 밥그릇을 내놓은 것이나 다름없다.

가만 보니 너구리는 걸을 때 살짝 절뚝거리기도 했다. 아마도 이 녀석은 산에 더이상 먹을 게 없어서 여기까지 내려왔거나 다쳐서 혹은 영역싸움에서 밀려나 이곳까지 내려왔을 가능성이 크다. 요즘 우리 동네는 가는 곳마다 도로공사를 한다고 산이 파헤쳐지고, 등산객들은 구름떼처럼 몰려와 나물을 캐거나 도토리, 밤을 주워가곤 한다. 야생동물이 살기에는 최악의 환경인 것이다. 한국에서는 고양이와 공존하는 것도 어렵지만, 야생동물과 공존하는 건 더욱 어려운 실정이다. 반면에 고양이들은 자신들의 밥그릇을 넘겨주면서까지 너구리와 함께 살아가는 법을 택했다. 고양이들이 집단행동을 통해 너구리를 쫓아낼 수도 있었지만, 그런 폭력적인 방법은 인간의 방식이지 고양이의 방식은 아닌 것이다.

눈 먹는 고양이

영하 20도를 오르내리는 혹한의 날씨엔 고양이를 위해 물을 떠놓아도 순식간에 얼어버린다. 수돗가의 물도 도랑의 물도, 세상의 모든 물이 얼어버린다. 물 마시기가 힘들어진 고양이들은 어쩔 수 없이 얼음이나 고드름을 녹여먹으며 이 추운 날들을 견딘다. 아마도 고양이에게 밥을 주는 캣맘들은 물그릇이 얼어 고양이가 혀로 얼음을 녹여먹은 흔적들을 자주 보았을 것이다. 군데군데 얼음이 움푹 파인 물그릇을 볼 때마다 마음이 짠하다.

도심에서는 더러 빨래를 하고 버린 세제가 섞인 오수를 마시는 고양이도 있고, 쓰레기 침출수에 가까운 물을 마시는 녀석들도 있다. 그런 오염된 물을 마시고 병에 걸리는 녀석들도 생각보다 많은 편이다. 모든 게 얼어붙었다고 물을 마시지 않으면 녀석들도 탈진할 수밖에 없으므로 오염된 물일지라도 고양이는 일단 먹을 수밖에 없다. 도심의 길고양이에 비해 시골의 길고양이는 물을 구할 곳이 상대적으로 많은 편이지만, 겨울에는 사정이 크게 다르지 않다. 어떤 고양이는 개울에서 얼음 숨구멍을 찾아 한참을 헤맨다. 반쯤 언 강물의 얼음을 아슬아슬

모든 것이 얼어붙은 겨울, 베테랑 고양이들은 눈을 녹여먹는 것으로 식수를 해결한다.

하게 디디고 강물을 마시는 고양이도 있다.

　몇몇 영리한 고양이들은 용케 고드름을 찾아내 녹여먹는다. 아무래도 그릇에 얼어붙은 얼음을 녹여먹는 것보다는 고드름 이 훨씬 먹기가 수월하긴 하다. 하지만 눈이 내리면 얼음을 녹

눈을 녹여먹던 고양이, 코에도 눈이 묻었다.

여먹어야 하는 고양이의 어려움도 어느 정도 해소
가 된다. 겨울을 몇 차례 겪은 베테랑 고양이들은
얼음 대신 눈을 녹여먹는 데 익숙하다. 도심에 비해
제설작업이 더딘 시골에서는 고양이가 눈을 녹여
먹는 모습을 흔하게 볼 수 있다.

　한번은 3호점에서 눈을 정말 맛나게 녹여먹는 고양이를 만
난 적이 있다. 녀석은 배불리 사료를 먹고 난 뒤, 자신의 아지트
인 지붕에서 제법 두툼하게 쌓인 눈을 녹여먹기 시작했다. 물
을 마시듯 혀를 내밀어 한참이나 녹여먹었다. 사실 고양이들은
겨울에 꽝꽝 얼어붙은 얼음을 핥아먹다가 혀를 다치기도 한다.
고양이에게 눈은 얼음보다 먹기가 수월하고, 혀를 다칠 염려가

"뭔 눈이 이리 쏟아진다냥?" 지붕에서 눈을 구경하는 고양이가 이리도 멋질 일인가?

없다는 장점이 있다. 눈 먹는 길고양이를 보면 안쓰럽고 짠하
기도 하지만, 코와 주둥이에 잔뜩 눈을 묻혀가며 '눈먹'하는 모
습은 한편 귀엽고 우습기만 하다. 그렇게 귀엽지 않아도 괜찮
으니 어서 날이 풀려서 얼음도 녹고 고양이를 대하는 사람들의
차가운 마음도 스르르 녹았으면 좋겠다.

나무 꼭대기까지 올라간
고양이

사륵사륵 눈이 내리는 날이었다. 3호점 텃밭 나무 꼭대기에 웬 못 보던 새가 한 마리 앉아 있었다. 아니 저건, 하면서 자세히 보니 고양이였다. 3호점을 단골로 드나드는 고등어였다. 눈이 오는데, 녀석은 나무 꼭대기에서 오는 눈을 그대로 다 맞고 있었다. 밑에서 녀석이 좋아하는 캔을 흔들어보아도 녀석은 요지부동이었다. 저 녀석은 왜 저기까지 올라갔을까? 캣대디에 따르면 두어 시간 전 세 마리의 개가 급식소를 습격해 밥 먹던 고양이들이 뿔뿔이 흩어지고 숨고 하는 와중에 저 녀석이 나무에 올라갔는데, 무서워서 여태 못 내려오고 있다는 거였다.

나무 꼭대기에 웬 못 보던 새가…… 하면서 자세히 보니 고양이였다.

그러니까 두 시간째 녀석은 저기서 저러고 있는 거였다. 목이 마른지 이따금 가지에 쌓인 눈을 혀로 핥아먹으며 겨우 버티고 있었다. 개들이 아직도 주변에 있는가 싶어 둘러보니, 개한 마리는 급식소 앞 텃밭 그물 너머에서, 두 마리는 뒤편 언덕 수풀 속에 진을 치고 있었다. 마치 사냥을 위해 합동작전을 펼치는 것만 같았다. 엄연히 주인도 있는 개라는데, 녀석들은 툭하면 이곳에 와서 고양이 사냥(사료에는 관심도 없다고)을 한다는 것이었다. 고양이 밥 주는 게 못마땅해 이웃에서 일부러 풀어놓은 것 같다고 했다.

하는 수 없이 나는 눈뭉치를 던져 세 마리 개를 멀리 쫓아버렸다. 도망친 개들은 도랑가 다리에서 합류해 마을 골목 쪽으로 걸어갔다. 눈이 내리는 가운데, 뒷모습을 보이며 사라지는 개들의 모습은 그 속내를 모른다면 평화롭기까지 하다. 어쨌든 개들이 완전히 사라지고 나서야 나무 꼭대기에 올라간 고양이도 조심스럽게 땅으로 내려왔다. 내려와서는 고개를 절레절레 흔들며 휴~ 안도의 그루밍을 했다.

다들 어디에 숨어 있었는지 다른 고양이들도 하나둘 식당으로 모여들었다. 눈발은 점점 굵어져 이제 함박눈이 펑펑 내리기 시작한다. 오랜만에 나는 급식소 식구들에게 캔 인심을 쓰고 녀석들이 다 먹을 때까지 개들이 오나 안 오나 보초까지 섰다. 다행히 고양이들이 캔 파티를 하는 동안 개들은 나타나지

세 마리 개에게 쫓겨 나무까지 올라간 고양이는 두 시간 뒤에야 나무에서 내려왔다.

않았다. 조금 전 고역을 치른 고등어 녀석은 밥을 먹고 나서 심신의 안정을 되찾았는지 저 혼자 신이 나서 눈밭을 우다다 내달리며 장난을 친다. 공연히 옆 고양이들에게 장난도 걸고 긴장했던 만큼 이완된 모습으로 신나게 뛰어논다.

3호점 캣대디에 따르면 이웃에서 개를 풀어놓는 일이 한두 번이 아니라고 한다. 이번에는 다리 건너편 집에서 풀어놓은 개들이었지만, 정말로 위험한 개들은 윗집의 개들이라고. 고양이에게 밥을 주지 말라며 윗집 주인이 여러 번 협박을 하더니 툭하면 사냥용 개 두 마리를 풀어 이곳 고양이들 사냥을 시킨다는 것이다. 이미 네댓 마리가 그렇게 사냥개에게 희생되었다고. 심지어 캣대디가 입양해 키우던 유기견이 자신의 집안에 드나드는 고양이를 보호하러 나섰다가 목을 물려 죽을 뻔한 걸 겨우 병원에 데려가 살린 적도 있다고 한다. (3호점 고양이들은 유기견과 친구처럼 지내는 바람에 그동안 개 무서운 줄 몰랐고, 그게 오히려 더 큰 참변으로 이어졌다.)
개를 풀어놓은 이웃은 내가 사료 후원을 하는 것조차 문제를 삼았다고 한다. 어떤 새끼가 자꾸 사료를 갖다주니 고양이가 꼬이는 거라며 내 험담과 욕설까지 퍼부었다는 것이다. 그거야 아무래도 좋다. 문제는 윗집에서 그렇게 협박을 하고 고양이를 사냥해도 제대로 신고조차 할 수 없다는 것이다. 원주민이 많

세상은 이리도 춥고 눈까지 내리는데,
고양이는 어쩌자고 이리도 어여쁜 것인가.

은 시골에서 이웃을 신고한다는 것은 마을을 떠날 각오를 하지 않고는 어려운 일이다. 게다가 상대가 안하무인이라면 남은 고양이의 안전을 담보할 수도 없다. 그저 죄인처럼 굽신거리며 살아야 하는 게 시골 캣대디의 운명인 것이다.

소문난 맛집이라 눈 내리는 날에도 3호점은 늘 손님들로 북적인다.

땅콩소년단 PTS

3호점에 들러 차에 싣고 온 사료 포대를 마당으로 나르고 있는데, 갑자기 함박눈이 내리기 시작했다. 몇몇 고양이는 밥그릇 앞으로 모여들었고, 몇몇 녀석은 지붕 처마 아래서 눈을 피했다. 그런데 대문 앞에서 마주친 크림이와 노랑이 녀석, 한참이나 코인사를 건네더니 서로 꼬리를 맞대고 반가운 세리머니를 펼친다. 둘 다 3호점 단골이자 못 말리는 단짝 고양이다. 둘은 수컷임에도 식당 앞에서 서로 만날 때면 무슨 이산가족 상봉이라도 한 듯 찰싹 붙어다니며 브로맨스를 과시한다.

그런 두 녀석이 오늘은 똥꼬발랄한 안무를 발표하며 한참이나 내 앞에서 공연을 선보였다. 콘서트에 온 기분으로 나는 가만 앉아서 녀석들의 재롱을 지켜보았다. 오른쪽으로 두 발, 왼쪽으로 세 발. 돌아서서 동시에 꼬리 올리기(순간 흔들리는 땅콩이 시선강탈). 앞으로 한 발 내딛었다가 서로 마주보며 찡긋. 한두 번 해본 솜씨가 아닌 듯 손발이 척척 맞는다. 어쩜 저렇게 아이돌 그룹처럼 칼군무를 선보이는지, 보는 내내 감탄과 박수가 절로 나왔다. 곧바로 데뷔해도 손색이 없어 보인다.

땅콩소년단 PTS. 아이돌답게 칼군무는 기본이다.

나는 즉석에서 얼굴까지 잘생긴 이 보이그룹에게 땅콩소년단PTS이란 이름까지 지어주었다. 아, 근데 혹시 '그분'들께서 기분 나빠하지는 않겠지요? 물론 결성한 지가 10여 분밖에 되지 않은 탓에 안무가 거듭될수록 잘 맞던 손발이 조금씩 어긋나긴 했지만, 녀석들이 무대 체질인 것만은 확실하다. 관객이 옆에 있으니 더 열심히 하는 느낌. 누가 시키지도 않았는데 자발적으로 저렇게 위문공연을 하는 것이다. 혹시 그동안 사료 후원을 해줘서 고맙다는 성의의 표현일까?

아무튼 10여 분의 짧은 시간이었지만, 즐거운 관람이었다. 녀석들의 공연이 끝나자마자 눈발이 거세지더니 앞이 보이지 않을 정도의 폭설로 이어졌다. 순식간에 눈이 수북하게 쌓였다. 식사를 끝낸 몇몇 녀석은 눈 쌓인 텃밭에 나가 일을 본다. 그중 꼬리 짧은 고등어 녀석은 갑자기 눈밭을 폭주하기 시작한다. 느닷없이 내달리다 풀쩍 대추나무로 점프해서는 공연히 나무를 흔들어 눈을 털어보고, 다시 풀쩍 뛰어내려 텃밭으로 향한다. 가만 보니 이 녀석 강아지만큼이나

폭설 하이. 이 녀석 눈밭을 폭주하더니 느닷없이 대추나무로 점프해서는
공연히 나무를 흔들어보고, 다시 풀쩍 뛰어내려 우다다를 한다.

눈을 좋아한다. 벌써 코가 빨개진 것이 발바닥 젤리도 얼얼할

것 같은데, 아랑곳없이 녀석의 눈 장난은 계속돼 양철지붕에

올라 미끄럼을 타고 있다.

PTS 핵심멤버인 크림이의 눈이 사라지는 마술.

사실 이웃들의 곱지 않은 시선과 이따금 한 번씩 사냥개의
습격을 받으면서도 이곳의 고양이 식구들은 그럭저럭 씩씩한
묘생을 살고 있다. 캣대디의 보살핌을 받다보니 대체로 고양이
들의 건강도 나쁘지 않은 편이다. 이 아이들이 맘 편히 밥을 먹
고 맘대로 노는 게 그렇게도 힘든 일인지. 모른 척 눈 한번 감아
주는 일이 그토록 어려운 일인지. 눈 한번 질끈 감았다 떴더니
어느새 산골마을이 온통 하얗게 뒤덮였다.

고양이 연기학원

옛날 농가주택인 3호점은 동네 길고양이들의 급식소이자 탁아소이고 휴게소이며 놀이터이다. 그런데 최근 비밀리에 고양이 연기학원도 성업중인 것 같다. 연기학원에서도 단연 돋보이는 연기파가 있으니 '껄래이'(껄렁한 행동을 자주 하는 회색고양이)라는 고양이다. 무엇보다 껄래이는 표정 연기의 달인으로, 올해의 '남묘주연상' 후보에 올려도 손색이 없다.

#1 음흉한 미소
이곳 연기학원의 베테랑 연기냥도 어렵다는 음흉한 표정의 연기도 녀석은 매우 자연스럽게 소화한다. 무심한 듯 무표정 얼굴이 순식간에 저런 표정으로 돌변하는데, 실로 모골이 송연한 연기다.

#2 윙크하기
껄래이는 윙크하는 연기도 수준급이다. 정확하게

한쪽 눈만 살짝 감았다 뜨는데, 어떻게 저런 연기가 가능한지 모를 지경이다. 그러거나 말거나 무표정으로 일관하는 노랑이의 대조적인 연기도 인상적이다.

#3 나른함, 하품
이건 진짜 하품인지, 연기인지 녀석에게 물어보진 않았지만, 연기로 느껴질 만큼 맛깔나게 하품하는 녀석의 표정은 그저 놀라울 뿐이다.

#4 엽기 표정
혀를 쭉 내밀거나 이빨을 드러내고 엽기적인 표정을 짓는 연기야말로 녀석의 전매특허 같은 표정연기다.

껄래이의 활약은 여기에

그치지 않는다. 녀석에겐 예전부터 롤모델로 삼은 고양이가 있으니, 이곳의 중고참 노랑이 형님이다. 녀석은 같은 수컷이지만 언제나 졸졸졸 노랑이 형님을 따라다니곤 한다. 그것도 그냥 따라다니는 것이 아니라 노랑이가 하는 행동을 그대로 따라하는 '따라쟁이'다. 한번은 급식소에서 밥을 다 먹고 가는 길에 노랑이 형님을 따라하다 한바탕 혼쭐이 났다. 그날의 상황을 재현하면 이러하다. 밥을 다 먹고 노랑이가 대문을 나서자 껄래이 녀석이 한발 뒤에서 노랑이의 행동을 그대로 따라 하기 시작했다. "아, 잘 먹었다." "으, 즐 묵읐드." 심지어 노랑이와 하나 둘, 하나 둘 발까지 맞추고 노랑이가 곧추세운 꼬리까지 따라 했다. "따라 하지 마!" "뜨르 흐지 므!" 노랑이가 꼬리 끝을 살짝 말아 물음표(?)처럼 만들자 녀석도 그 모양을 그대로 따라 했다. "따라 하지 말라고!" "뜨르 흐지 믈르그!" 참을 만큼 참았던 노랑이가 드디어 폭발했다.

노랑이는 껄래이의 뒤통수를 한 대 때리고 옆구리를 공격하면서 엄중하게 경고했다. 하지만 혼이 났다고 그만둘 껄래이가 아니었다. 녀석은 재빨리 노랑이 품을 벗어나 달아나면서 "느즙으브르~!" 하고는 약을 올렸다. 결국 껄래이는 텃밭에서 노랑이에게 잡혀 또 한번 혼쭐이 났다. 이 녀석 그렇게 혼쭐이 나고도 언제나 깨발랄 냥루랄라다. 공연히 지나가는 고양이 아무나 붙잡고 시비를 건다.

"따라 하지 마!" "뜨르 흐지 므!" 따라쟁이 껄래이에겐 노랑이 형님이 롤모델이다.

며칠 후 급식소에서 다시 만난 껄래이와 노랑이는 언제 그랬
느냐는 듯 함께 마당을 거닐고 있다. 이번에도 껄래이 녀석은
롤모델인 노랑이 곁에 착 붙어서 노랑이만 따라다녔다. 그래,
그렇게 아옹다옹 언제나 사이좋게 지내길 바란다. 장난기가 많

껄래이의 롤모델 노랑이.

아도, 따라쟁이에 건방이 들었어도 나는 늘 너를 응원한다. 아
자아자 껄래이, 파이팅!

고양이는 낭만을 즐기면 안 되는 걸까?

가을이 깊었다. 추수가 끝난 들판은 휑덩하지만, 산자락은 붉고 노란 단풍으로 곱게 물들었다. 산벚나무의 단풍은 화려하고 느티나무의 단풍은 은은하다. 마을 어귀에도 은행나무의 빛깔이 절정이다. 이따금 들르는 3호점 밭가에도 은행나무가 노랗게 물들었다. 노랗게 물든 은행나무 아래서는 누구라도 센티멘털해진다. 나 또한 공연히 은행잎이라도 주워볼까 은행나무 아래를 기웃거리는데, 한발 늦었다. 이미 그곳에는 먼저 온 손님들이 단풍 구경을 하고 있었다.

　예상했던 대로 3호점을 단골로 드나드는 고양이 손님들이었다. 은행나무 아래엔 정원용 탁자가 하나 놓여 있는데, 어떤 고양이(고등어)는 그 위에 올라앉아 명상중이었고, 어떤 고양이(삼색이)는 탁자 아래서 그루밍 삼매경에 빠져 있었다. 늙은 노랑이 한 마리는 마치 깊은 생각에라도 잠긴 듯 은행나무 그늘을 천천히 거닐며 사색을 하고 있었다. 이런 모습은 나만 보기 아까워 나는 차에서 카메라를 꺼내와 은행나무 그늘의 낭만 고양이를 찍었다.

　아랑곳없이 고양이들은 탁자에 올라가 아까처럼 그루밍을

그래, 이왕이면 노랗게 물든 은행나무 아래서 쉬는 게 좋지.

하거나 명상과 사색을 하고 더러 노랗게 물든 단풍을 구경하며 한가로운 시간을 보냈다. 많은 사람들은 길에서 사는 고양이들이 여유와 낭만은커녕 스스로를 돌볼 시간도 없을 거라고 생각한다. 우리나라 현실에선 그렇게 생각하는 것도 무리가 아니다. 하지만 정기적으로 급식을 받는 고양이들 중엔 이렇게 자기만의 취미와 여가를 즐기는 고양이들도 많다. 먹이를 찾아 헤매는 수고를 던 만큼 남는 시간은 낭만을 추구하는 셈이다.

누군가는 "설마 고양이가 낭만을 추구하겠어요?"라고 반문할지도 모르겠다. 고양이는 낭만을 즐기면 안 되는 걸까? 하긴 사람들 중엔 고양이가 길에서 돌아다니는 것도 싫어하고 장난을 치거나 놀이를 하는 것도, 심지어 고양이가 주변에 있는 것조차 싫어하는 이들도 있긴 하다. 요즘처럼 날씨도 좋고 단풍도 고운 날엔 좀 너그럽게 봐주기 바란다.

은행나무 아래서 노닐던 고등어 한 마리는 이제 자리를 옮겨 배추밭으로 이동했다. 그래봐야 은행나무에서 20미터도 안 되는 곳이지만, 녀석은 그곳에서 또 한참이나 가을바람과 가을볕을 만끽한다. 바람이 불 때마다 은행잎이 날려 배추밭에도 은행잎이 지천인데, 녀석은 배추 자라는 소리를 들으며 까무룩 낮잠을 잔다.

불타버린 3호점

11월(2019년)이지만, 서둘러 겨울이 온 느낌이 든다. 아침 일찍 온 단골손님 아비에게 캔을 하나 따주고 들어오는데, 3호점 캣대디로부터 전화가 왔다. 고양이 사료가 떨어졌다는 것이다. 일주일 전에 분명 여러 포대의 사료를 부려놓고 왔는데, 그새 떨어질 리가 없었다. 부랴부랴 사료를 싣고 3호점으로 향했다. 그런데 사료를 내리기도 전에 망연자실, 나는 아무 말도 할 수가 없었다. 멀쩡했던 농가주택 살림채가 불에 타서 잿더미가 되어 있었다.

캣대디는 불행 중 다행으로 남은 헛간채에 우두망찰 서서 고양이를 바라보고 있었다. "아니, 이게 대체 무슨 일이에요?" 갑자기 날이 추워져 기름보일러를 틀었다가 이렇게 불이 났다고 한다. 당연히 집안에 있던 가구와 살림살이는 물론 그가 산에 다니며 캐온 귀한 약초로 담은 오래된 담금주 수십 단지가 모두 깨지고 사라져버렸다. 그러니 일주일 전에 부려놓은 사료인들 온전할 리가 없었다. "어쩌겠어유. 얘네들은 배고프다고 저렇게 빽빽 울어대고, 우선 밥은 멕이고 봐야쥬." 이 정신없는 와중에도 고양이 챙길 생각을 하다니 눈물이 났다.

3호점에 불이 나서 살림채가 잿더미로 변했다.

어떤 위로의 말도 소용이 없었다. 고양이들은 내가 가져간 사료와 캔을 풀자 곳곳에서 달려와 주린 배를 채웠다. 캣대디는 저만치 나앉아 고양이 밥 먹는 모습을 하염없이 바라만 보았다. 사는 게 정말 심란하다.

집으로 돌아와 그 심란한 이야기를 짤막하게 SNS에 올렸다. 그러자 정말 많은 사람들이 사료와 구호품을 보내오기 시작했다. 고양이 사료는 물론 겨울용 이불과 온수매트, 쌀, 라면, 생

3호점 화재로 갈 곳을 잃은 아깽이들이 바깥을 떠돌며 생활하고 있다.

수, 휴지, 물티슈, 즉석밥, 간편식, 핫팩, 내복, 식용유, 프라이팬, 냄비 등등. 생필품부터 조리용품까지 꼼꼼하게 보내주셨다. 두 번에 걸쳐 사료와 구호품은 모두 캣대디에게 전달했다. 캣대디 노모께서는 "그동안 사료 보내주신 분들이 이런 은혜까지 베푼다"며 한참이나 눈물을 훔치셨다. 사실 지금껏 내가 2호점과 3호점에 꾸준히 후원해온 사료의 6할 이상은 독자와 SNS 팔로워들이 십시일반 보태준 사료였다.

　본격적인 겨울이 시작되고 한번 더 나는 구호품을 싣고 3호
점에 도착했다. 그런데 헛간채에 고양이 밥그릇으로 쓰던 프라
이팬이 모두 사라지고 없었다. 캣대디가 밝힌 이유인즉, 집을
비운 사이 고물상이 마당에 들어와 고철 등을 챙겨가면서 프라
이팬까지 가져간 것 같다는 것이었다. 하는 수 없이 이번에는
시멘트 바닥을 걸레질한 뒤, 그냥 바닥에 캔을 부어주었다. 고

우두망찰 앉아 있는 할머니와 그 앞에 그냥 앉아 있어주는 고양이 한 마리.

양이 밥그릇이야 집에도 얼마든지 있으니 다음에 갈 때 챙겨 가면 그만이다. 문제는 날씨가 영하로 떨어지면서 캣대디와 노모가 머물 곳이 마땅치 않다는 것이다. 그동안 캣대디는 헛간채에서 온수매트를 깔고 몇 겹의 이불을 덮은 채 밤을 보냈지만, 한겨울 야외취침과 다를 바 없는 헛간살이를 계속할 수는 없는 노릇이다. 그러잖아도 캣대디는 수술한 부위가 재발해 병원에 있다가 퇴원한 지 얼마 되지도 않았다. 그나마 다행은 마을에서 노모를 위해 마을회관의 방을 하나 내주었다는 것이다. 이래저래 돌아서 나오는 길은 발보다 마음이 무거웠다.

2021년 현재 3호점 캣대디는 불에 탄 살림채를 철거하고 컨테이너 두 채를 놓아 생활하고 있다. 그럼에도 그의 고양이를 생각하는 마음은 여전해 헛간채에 세 개의 고양이 밥그릇을 두고 있다. 이사를 한 뒤에도 나는 3호점 사료 후원을 계속하기로 했다.

할머니와 아롱이

화재를 당한 3호점에 구호물품과 사료를 후원하러 갔을 때다. 캣대디의 노모께서 뜬금없이 윗동네 산다는 할머니를 데려오셨다. 윗동네에서 열 마리 가까운 고양이에게 밥을 주는 할머니인데, 그전부터 사료가 많이 들어오면 두세 포대 나눠주기로 약속을 했다는 거다. "지금까진 밥 먹으러 오는 고양이가 불쌍해 그냥 집에 있는 개 사료를 나눠주곤 했쥬. 고양이 사료가 있으면 아무케누 고양이 사료 멕이는 게 좋을 거 같아서유."

　나는 곧장 사료 두 포대와 할머니를 차에 태우고 윗동네로 향했다. 할머니 댁에는 아롱이라는 노랑이가 있는데, 이 녀석이 정말 애교 덩어리였다. 내가 가져간 사료를 내려놓고 캔을 하나 따줬더니 난생처음 먹어보는 천상의 맛이라는 듯 입을 쩝쩝 다시며 그릇에 아예 얼굴을 파묻었다. 할머니에 따르면 이 녀석은 자주 가는 방앗간에서 그냥 가져가라고 해서 데려온 고양이라고 한다. "아롱이가 온 뒤로 밥을 줬더니 동네 고양이들이 한 열 마리쯤 쭉 와서 밥을 먹기 시작하지 뭐예유." 아롱이로 인해 동네 고양이 밥까지 주는 신세가 되었다는 거다. "아휴, 어째유. 배고파서 밥 먹으러 오는 애들을 굶길 수도 없고." 할머니의 측은지심이 그렇게 고마울 수가 없었다.

난생처음 캔 맛을 본 아롱이를 보며 할머니는 '이게 뭔데 이렇게 잘 먹느냐'며 신기해하셨다. "아롱아! 이제 그만 먹고 사진 찍자." 할머니는 내게 고양이를 자랑하고 싶어서 아직 밥그릇에 고개를 파묻고 있는 아롱이를 기어이 안아올렸다. "아휴, 애가유. 나한테 업히구 그래서 가끔 업구두 다니구 그래유." 하지만 아롱이는 지금 그럴 기분이 아니었다. 아직 밥그릇에 캔이 더 남았기 때문에 아롱이는 "함모니! 나 저거 먹어야 돼. 이거 봐!" 하면서 몸을 빼는 거였다. "아유, 애가 왜 이래. 일루 와!" 아마도 할머니는 아롱이가 업힌 모습을 내게 보여주고 싶었던 것 같은데, 아롱이의 마음은 콩밭 아니 캔밭에 가 있었다. 아무래도 중재가 필요해 보여서 나는 "할머니! 캔 남은 거는 다 먹게 두세요" 했다. "아이구 저게 뭔데 저렇게 환장을 해!" 캔에 코를 박은 아롱이의 모습은 할머니에게는 엄청 낯선 풍경이었던 모양이다.

결국 할머니를 뿌리치고 아롱이는 캔이 담긴 그릇까지 싹싹 핥아먹고는 한참이나 입맛을 쩝쩝거리며 캔의 여운을 즐겼다. 캔 맛에 눈뜬 아롱이를 위해 나는 여남은 개 남은 비상용 캔 박스를 고스란히 할머니께 전해주었다. 캔 박스를 건네받은 할머니는 그게 무슨 보물이라도 되는 양 가슴에 품고 집안으로 향했다. 그때였다. 캔의 여운을 느끼던 아롱이가 할머니에게 다

"함모니! 나 저거 먹어야 돼. 이거 뇨라냥!" 난생처음 캔 맛을 본 아롱이를 보며
할머니는 '이게 뭔데 이렇게 잘 먹느냐'며 신기해하셨다.

가오더니 "함모니! 그거 손에 든 거 뭐야? 아까 내가 먹은 거 같은데, 나 더 주면 안 돼?" 하면서 냐앙거렸다. 아롱이 말을 알아듣기라도 한 듯 할머니는 "하우스에 까망이도 먹어야지. 넌 더 먹으면 짜구 나!" 하더니 하우스로 나를 안내했다.

"저기 고양이 두 마리 보이쥬?" 할머니가 가리키는 쪽을 보니 까망이 한 마리와 고등어 아깽이가 낮잠을 자고 있었다. 아롱이는 계속해서 할머니 곁을 졸졸 따라다니며 손에 들고 있는 것을 달라고 졸라대고, 할머니는 일부러 눈길을 피하고. 캔 맛에 눈뜬 아롱이의 집착은 그 절절한 눈에서도 뿜뿜 뿜어져나왔다. 어쩌면 녀석은 이런 생각을 했는지도 모르겠다. '저거 혹시 함모니 혼자 다 먹는 거 아냐?'

할머니께서는 아롱이가 업히는 고양이라고 말해놓고는 끝내 아롱이 업은 모습을 보여주지 못해 섭섭했던 모양이다. 내가 그만 가보겠다고 인사를 건네자 아롱이 '이쁜 짓'이나 한번 보고 가라며 발길을 돌려세웠다. 그러더니 "아롱이! 이쁜 짓~!" 하는 거였다. 아롱이는 여전히 할머니 손에 들린 캔 박스에만 눈이 가 있는데…… "아이구 얘가 오늘 왜 이르케 말을 안 들어!" 할머니는 오늘따라 아롱이가 말을 듣지 않는다며 타박을 한다. 할머니는 캔 박스를 하우스 선반에 올려놓고는 아예 작정하고 "아롱이, 이쁜 짓~!" 하며 한 손을 내민다. 그제야 아롱이는 마지못해 발라당 누워 이리 뒹굴 저리 뒹굴거린다. "봤쥬? 우리 아롱이가 이렇게 이쁜 짓도 잘해유." 이제야 할머니는 체면이 섰나보다. "아롱이 업힌 모습은 다음에 볼게요" 하면서 나는 이쯤에서 다음을 기약했다. 할머니도 아롱이도 우두커니 서서 나를 배웅했다.

"업히는 고양이 맞쥬?"

살을 에는 듯한 강추위가 몰려오면서 3호점 캣대디는 노숙이나 다름없는 헛간채 생활을 접고 읍내 친구집에 신세를 지고 있다고 했다. 그는 봄이 올 때까지만이라도 3호점 고양이들의 밥을 내가 챙겨주었으면 하는 눈치였다. 기꺼이 나는 그렇게 하기로 했다. 일주일에 두 번씩 헛간채에 들러 고양이 밥을 챙겨주고 얼지 않은 캔을 따주었다. 그리고 3호점에 갈 때면 당연하게 다음 코스는 아롱이가 있는 윗마을이 되었다.

윗마을 아롱이는 나와 몇 번 인사를 나눴다고 이제는 제법 친한 척을 한다. 내가 마당에 도착하면 먼저 나와 코인사를 하거나 발라당을 하는 것이다. 한번은 아롱이네 사료 후원을 갔다가 도둑으로 오해를 받은 적이 있다. 아롱이에게 캔을 따주고 사료를 내려놓자 마당 저쪽에서 개 두 마리가 요란하게 짖어대기 시작한 것이다. 그때 뒤란에 있던 아롱이 할아버지께서 한손에 야구방망이만한 장작을 거머쥐고 나타났다. 저번에 한번 뵌 적이 있지만, 할아버지는 못 알아보는 눈치였다.

"저기 사료 좀 가져왔어요." 그제야 할아버지께선 슬그머니 장작을 내려놓고 다가왔다. "아이구 마침 사료가 똑 떨어졌는데……" 말끝을 흐리며 할아버지는 사료를 창고에 옮겨놓았다. 아랑곳없이 아롱이는 캔을 먹느라 정신이 없는데, 할아버지께서는 무뚝뚝하게 내게 말을 건넨다. "거 요즘엔 깡통 같은 거 안 나와요? 아롱이가 저게 뭔지 깡통에 든 걸 좋아하던데." 저번에 가져온 고양이 캔이 다 떨어진 모양이었다.

"네. 다음주에 한번 더 갖다 드릴게요." 할아버지는 우물쭈물하더니 "근데 애가 새우 들어간 거 이런 거는 잘 안 먹더라구요" 하더니 집안으로 들어가버린다. 식사를 마친 아롱이도 어느새 줄레줄레 할아버지 뒤를 따라 집안으로 들어간다. 한겨울 날씨가 추운 날에는 아롱이를 실내에서 재울 때도 많다고 한다. 집으로 오는 길에 생각해보니 웃음이 난다. 악당이 출현할 줄 알고 한 손에 장작을 들고 나타났다가 슬그머니 내려놓은 할아버지. 게다가 알고 보니 세심하게 아롱이 식성까지 살피고 있었던 할아버지.

겨우내 할머니께선 어디 일을 다니셨는지 얼굴 보기가 쉽지 않았다. 할머니를 다시 만난 건 겨울도 지나 봄비가 가만가만 내리는 날이었다. 역시 아롱이는 할머니와 있을 때 빛이 났다. 마당으로 내려온 녀석은 할머니에게 엉덩이를 찰싹 붙이고 눈을 맞췄다. "함모니! 저 인간이 가져온 거 뭐야? 맛 좀 보자, 응?" 할머니는 쪼그려 앉아 녀석의 등만 토닥거렸다. "요즘에도 아롱이 업고 다니고 그러세요?" 지난번 할머니의 말씀이 떠

캔 맛에 눈뜬 아롱이의 집착.

올라 한마디 슬쩍 건네보았다. "그럼유. 이르케 등을 대면 지가
알아서 올라와유." 하지만 아롱이는 할머니 등을 보고도 딴청
을 부렸다.

　그러자 할머니가 아롱이 엉덩이를 툭툭 두들겼다. 그게 무
슨 신호라도 되는 걸까. 거짓말처럼 아롱이가 할머니 등에 풀
쩍 올라탔다. "봤쥬? 얘가 이래 말을 잘 들어유. 업히는 고양이
맞쥬?" 아롱이는 천연덕스럽게 할머니 등에서 먼산을 보며 여
유를 부렸다. 할머니는 자랑스럽게 아롱이를 업고 마당 이쪽에
서 저쪽까지 걸어가며 흡족한 미소를 지었다. 아마도 할머니께

서는 저번에 아롱이를 업을 수 있다고 말해놓고 그걸 보여주지 못해 속이 상했던 것 같다. 반면 나와 눈이 마주친 아롱이는 내게 이렇게 말하는 것 같았다. "뭐 이번엔 내가 함모니 체면을 생각해 올라와준 거다냥! 담부턴 어림도 없다냥!"

네가 이 세상에 와주어서 정말 고마웠다

아롱이를 알게 된 지도 9개월이 되어간다. 아롱이 이야기를 몇 차례 SNS에 올린 뒤로 아롱이 팬이 되었다는 사람들이 제법 많이 생겼다. 캔 맛을 처음 알게 된 아롱이를 위해, 아롱이 식성까지 고려해 새우가 안 들어간 캔을 보낸다며 아롱이에게 전해달라는 분들도 다섯 분이나 되었다. 캣대디 생활 15년째지만 이렇게 특정 고양이를 콕 집어 선물을 보내는 경우는 많지 않았다. 1호점 아쿠와 아톰을 빼면 외부의 고양이 중엔 아롱이가 유일했다.

  오직 아롱이만을 위한 캔 선물 다섯 박스를 들고 2주 만에 아롱이네를 찾았다. 하지만 언제나 마중을 나오던 아롱이가 보이지 않았다. 하는 수 없이 현관에 그냥 캔 박스를 내려놓고 발길을 돌리는데, 현관문이 열리며 할머니가 나오셨다. "안녕하세요. 아롱이는 어디 갔나요?" "아이구, 어뜩해유." "네?" "아롱이가 이제 없어유." "무슨 말씀이신지……" 할머니는 갑자기 눈물을 글썽이며 말을 이어갔다. "한 2주 됐어유. 아롱이가 목줄 풀린 개한테 물려서 그만……" 할머니는 말을 잇지 못했다.

이것은 꼬리털인가, 빗자루인가. 아롱아! 꼬리털로 마당 쓸어도 되겠다.

사자왕 아롱이. 만난 지 9개월 만에 녀석은 고양이별로 떠났다.

사실 2주 전에도 사료와 캔을 싣고 이곳에 왔다가 아롱이를
못 만나고 간 적이 있었다. 할머니에 따르면 바로 그 무렵에 사

고를 당했다는 것이다. "그동안 우리 아롱이한테 사료하구 이런 깡통도 갖다주셨는데, 아이구 이런 고양이가 없어유. 말도 다 알아듣구 업히라면 업히구. 하 참, 너무 속이 상하네유." 이야기를 듣는 순간 나도 다리에 힘이 풀렸다. 눈시울이 붉어진 할머니를 어떻게 위로해드려야 할지 몰라서 나는 그냥 먼산만 한참 바라보다가 집으로 돌아왔다. 지난 11월 처음 아롱이를 만나던 순간과 할머니 등에 업혀서 나와 눈을 맞추던 순간들이 어룽어룽 지나갔다.

아롱아! 네가 이 세상에 와주어서 정말 고마웠다. 이렇게 빨리 떠날 줄 알았으면 좀더 자주 찾아올걸. 잊지 마! 짧은 시간이었지만, 너는 수많은 사람들의 가슴속에 영원히 살아 있단다.

우리는 그들보다 더 많이 가졌으니
우리가 가진 것을 고양이에게 조금만 나눠주어도
이 세상은 훨씬 아름답고 귀여워질 것이다.

어서 오세요, 고양이 식당에

© 이용한 2021

1판 1쇄 2021년 12월 22일 | 1판 4쇄 2023년 11월 6일

지은이 이용한

책임편집 이연실 | 편집 이자영 | 디자인 강혜림
저작권 박지영 형소진 최은진 서연주 오서영
마케팅 정민호 서지화 한민아 이민경 안남영 왕지경 황승현 김혜원 김하연 김예진
브랜딩 함유지 함근아 고보미 박민재 김희숙 박다솔 조다현 정승민 배진성
제작 강신은 김동욱 이순호 | 제작처 영신사

펴낸곳 (주)문학동네 | 펴낸이 김소영
출판등록 1993년 10월 22일 제406-200-000045호
주소 10881 경기도 파주시 회동길 210
전자우편 editor@munhak.com | 대표전화 031) 955-8888 | 팩스 031) 955-8855
문의전화 031) 955-2696(마케팅) 031) 955-1905(편집)
문학동네카페 http://cafe.naver.com/mhdn | 트위터 @munhakdongne
북클럽문학동네 http://bookclubmunhak.com

ISBN 978-89-546-8423-1 03810

www.munhak.com